Zum Roman:

Das Eheleben von Samantha und Michael ist wie ein Traum. Sie richten sich auf Cardington Manor gemütlich ein, sie lieben sich – und Stammhalter Colin komplettiert das Glück.
Auch die Umsiedlung des Waisenhauses, von Samantha vorangetrieben, erweist sich als wahrer Segen für alle Beteiligten.
Das Leben, es könnte nicht schöner sein. Bis …
Ja, bis Geheimnisse aus Michaels Vorleben ans Licht kommen: Welchen Anspruch hat die andere Frau an ihn?
Wer ist Samanthas Mann wirklich?
Und warum bewegt sie das Schicksal eines Kindes so?
Eine Kette von Ereignissen, die das Glück auf Cardington Manor zu zerstören drohen.

Die Autorin:

Schon ihr ganzes Leben lang wusste Sybille Kolar, dass sie eines Tages schreiben würde. In ihrer Jugend waren es Liebesgedichte, später eine Kurzgeschichte, mit der sie sich an einem Autorenwettbewerb beteiligte. Ihr Beitrag war unter den Gewinnern und sie wagte sich an ihren ersten Roman heran.
Warum Liebesromane? Sie bezeichnet sie als Lebensromane. Es ist das gewöhnliche Leben mit all seinen Beziehungen, Höhen und Tiefen, Liebe und Verrat, Glück und Tod, das sie so ungemein spannend findet.
Sind es nicht genau diese zwischenmenschlichen Themen, die auch jeden von uns am meisten beschäftigen?
Sybille Kolar ist verheiratet und Mutter von drei erwachsenen Kindern. Sie lebt mit ihrem Mann und ihren beiden Hunden in der Nähe von München.

sybillekolar.com
facebook.com/SybilleKolar.Autorin
Twitter: @SybilleKolar

Sybille Kolar

CARDINGTON MANOR

Schlangen im Paradies

Roman

Band 2 der CARDINGTON-MANOR-Reihe

Bibliografische Information der Deutschen Nationalbibliothek: Die Deutsche Nationalbibliothek verzeichnet diese Publikation in der Deutschen Nationalbibliografie; detaillierte bibliografische Daten sind im Internet über http://dnb.dnb.de abrufbar.

Sämtliche Rechte sind vorbehalten, insbesondere das Recht der mechanischen, elektronischen und fotografischen Vervielfältigung, der Einspeicherung und Verarbeitung in elektronischen Systemen, des Nachdrucks in Zeitungen und Zeitschriften, des öffentlichen Vortrags, der Verfilmung und Dramatisierung, der Übertragung durch Rundfunk und Fernsehen oder Video, auch einzelner Text- und Bildteile sowie der Übersetzung in andere Sprachen. Die Handlungen und Personen dieses Romans sind erfunden. Ähnlichkeiten mit lebenden oder toten Personen sind rein zufällig und nicht beabsichtigt.

© 2016 Sybille Kolar
Lektorat/Korrektorat: Michael Lohmann
Endbearbeitung: Jil Aimée Bayer
Coverdesign: Carolin Liepins
Foto: Cornelius Carstens

Herstellung und Verlag:
BoD – Books on Demand, Norderstedt
ISBN: 978-3-7392-4239-2

*Gewidmet einem Mann in meinem Herzen,
der seinen Weg geht: meinem Sohn.*

1

Samantha stand im Westflügel von Cardington Manor, inmitten einer unbewohnten Zimmerflucht. Die Verbindungstüren waren weit geöffnet und sie blickte durch die Räume, die sich aneinanderreihten wie Perlen auf einer Schnur.

Die Suite war fast leergeräumt und wirkte dadurch verlassen und seelenlos. Doch schon bald würde sie wieder mit neuem Leben erfüllt sein.

Samantha durchschritt jedes Zimmer und wusste im selben Moment, wofür es geeignet war und welche Funktion sie ihm geben würde.

Beim letzten allerdings hielt sie sich ein wenig länger auf. Das war das alte Spielzimmer von Cardington Manor: ein ansprechender, von Licht durchfluteter Raum.

Samantha erinnerte dieses Kinderzimmer an ein Maleratelier. Sie hatte sich von Henderson, der guten Seele des Anwesens, die Fensterläden öffnen lassen, bevor sich Henderson wieder diskret zurückzog.

Nun strömte kühle, frische Märzluft herein und mischte ein paar Sonnenstrahlen durch, in denen Staubkörner funkelten und tanzten.

Eine der Wandlängsseiten bestand aus einer durchgehenden Fensterfront, die bis zum Boden reichte und sich komplett öffnen ließ. Von dort aus gelangte man auf einen Dachgarten, auf dem in der Vergangenheit allerlei Vergnügungen stattgefunden hatten: das Schießen mit Steinschleudern oder Katapulten, Seilspringen, Kreiseln, Verstecken, Puppenspiele und vieles mehr. Sämtliche Nachfahren der Cardingtons hatten dort oben seit Generationen den Großteil ihrer Kindheit verbracht. Charles war der letzte Abkömmling gewesen, Samanthas erster Ehemann.

Trotz der geöffneten Fenster roch die Luft noch immer etwas abgestanden. In diesem abgelegenen Trakt, in dem sich das Zimmer befand, wurde nicht regelmäßig gelüftet.

»Es wird Zeit, dass hier mal ein frischer Wind hereinweht«, sagte Samantha.

Sie blickte sich um, in der Hoffnung, eine Sitzgelegenheit zu finden. Ihr dicker Babybauch wurde ihr langsam beschwerlich. Aber es gab hier keinen Sessel. Nicht einmal einen Stuhl.

In einer Ecke sah sie ein winziges Kinderbett, in dem ein brauner Plüschbär lag. Sie setzte sich darauf und nahm den Bären auf den Schoß.

Neben dem Bettchen befand sich eine antike, mit niedlichen Kindermotiven bemalte Kommode, die wohl einmal als Kleiderschrank gedient hatte. In einem halbhohen Regal an der dem Fenster gegenüberliegenden Wand waren zahllose altmodische Spielsachen angeordnet. Alles wirkte so, als käme der Bewohner des Raums jeden Moment zur Tür herein.

In der Mitte des Raumes stand eine alte Wiege aus dunkelbraunem Holz. Sie war aufwändig gearbeitet und mit prächtigen Schnitzereien verziert. An der Aufhängevorrichtung für den Wiegenschleier hatte der Handwerker die Buchstaben *CC* für Charles Cardington mit goldenen Lettern angebracht. Das wertvolle Möbel war zweifelsohne ein Erbstück der Familie.

Samantha ließ ihren Blick weiter umherschweifen und sog die Atmosphäre der Räumlichkeit in sich auf.

Dies war ein freundliches Zimmer. Durch die angegraute Tapete wirkte es nur ein wenig düster und verstaubt. Samantha konnte sich gut vorstellen, wie gemütlich es hier einmal gewesen sein musste.

Doch die Zeit hatte eben ihre Spuren hinterlassen.

Die Zeit und Charles' Selbstmord.

Charles hatte sein ganzes Leben auf Cardington Manor verbracht. In den wenigen Jahren ihrer Ehe hatten sie gemeinsam auf dem Anwesen gelebt.

Dieser Raum war Charles' ehemaliges Kinderzimmer. Und es hätte auch das Kinderzimmer ihrer Nachkommen werden sollen.

Doch die wollten sich nicht einstellen.

Samantha erinnerte sich daran, wie viel Mühe es sie gekostet hatte, Charles davon abzubringen, den Raum dennoch neu einzurichten. Das hätte sie womöglich noch mehr unter Druck gesetzt. Die Situation war damals schon in ausreichendem Maße angespannt gewesen.

Irgendwann hatte Samantha es dann nicht mehr ausgehalten und sich von Charles getrennt.

Ein Jahr später hatte sich Charles umgebracht. Die Tatsache, dass seine Frau von einem anderen Mann schwanger geworden war, hatte ihm das Herz gebrochen. Vor allem jedoch seinen Stolz.

Aber das gehörte nun der Vergangenheit an. Die Zukunft wuchs in Samanthas Bauch heran und ließ nicht mehr lange auf sich warten. Charles' letzter Wille war, dass wenigstens Samanthas Kinder auf Cardington Manor aufwachsen sollten – wenn schon nicht ihre gemeinsamen. Und damit dies ohne Beklemmungen und Ressentiments gelingen konnte, war es nötig, Entscheidungen für Veränderungen zu treffen.

Mit einiger Mühe hievte sich Samantha von ihrem tiefgelegenen Sitzplatz empor. Den Teddy legte sie zurück an seinen Platz, deckte ihn zu und streichelte ihm über die struppige Wange.

Sie ging hinüber zu der alten Kommode und öffnete sie. Wie sie bereits vermutet hatte, war die bestückt mit einer kompletten Babyausstattung. Sie nahm ein paar winzige Kleidungsstücke heraus und betrachtete sie.

Charles hatte sich damals nicht davon abbringen lassen, das alles zu kaufen. Samantha war dagegen gewesen. Nach ihrem Empfinden brachte es Unglück, Ereignisse, die noch nicht eingetreten waren, durch solch übereifrige Handlungen vorwegzunehmen. So als würde man dadurch verhindern, dass sie geschehen können. Und so war es dann ja auch gekommen.

»Nichts ist trauriger als ein Kinderzimmer ohne Kind«, sagte Samantha und empfand noch einmal kurz den immensen Schmerz ihres damaligen Kummers.

Sie faltete die kleinen Strampelanzüge und legte sie wieder zurück in den Schrank. Dann atmete sie tief durch und ging zuversichtlich zur Tür.

Bevor sie diese verschloss, ließ sie ihren Blick noch einmal durch das Zimmer wandern.

Sie wusste jetzt, was zu tun war.

2

Roberta Gilchrist saß nervös auf dem Flur des Krankenhauses von Rye. In ihren abgearbeiteten Händen knetete sie seit einer gefühlten Ewigkeit ein Taschentuch.
Es war bereits schweißnass.
Roberta wusste nicht mehr, wie lange sie schon da saß. Obwohl die alte Frau alle paar Minuten auf die Stationsuhr starrte. Sie hatte jeglichen Zeitbegriff verloren.
Kein einziger Laut war zu hören.
Es beunruhigte Roberta, dass es hier gerade so leise war. Um ihre sorgenvollen Gedanken abzulenken, nahm sie zum wiederholten Mal ihre Umgebung in Augenschein: blassgrün gestrichene Wände, deren untere Hälfte glänzte. Das kannte sie aus dem Kinderheim, das sie 40 Jahre lang geleitet hatte. Sie waren durch diesen lackartigen Überzug einfach leichter zu reinigen. Das war praktisch in öffentlichen Gebäuden.
Über die gesamte Länge des Korridors hatten die Architekten Handläufe anbringen lassen, die Roberta an Ballettstangen erinnerten. Erst kürzlich hatte sie im Fernsehen einen Bericht über eine berühmte russische Ballettschule gesehen. Elfenzarte Mädchen legten darin ihre Beine auf solchen Barren ab, um sich daran zu dehnen.
Über den Handläufen hingen Bilder an den Wänden: Kunstdrucke hinter Glas, die allesamt ähnliche Motive zeigten: Kinder, Babys, Familien und Mütter mit Kinderwagen.
Vor dem Schwesternzimmer war eine Pinnwand angebracht: eine orangefarben gerahmte Korkfläche, die man nur erahnen konnte unter den vielen bunten Kärtchen und

Babyfotos, die mit Reißzwecken daran befestigt waren.

Bereits zum zweiten Mal sah sich Roberta die liebevoll gestalteten Geburtsanzeigen an. Sie stellte sich vor, dass womöglich bald eine weitere dort hängen würde.

Wie sie wohl aussehen würde?

Die Vorfreude darauf trieb Roberta zum wiederholten Mal an diesem Tag die Tränen in die Augen.

Wenn es doch nur schon ausgestanden wäre!

Warum höre ich denn nichts? So eine Geburt ist doch eine geräuschvolle Angelegenheit!

Knapp zwei Stunden später waren endlich die Schreie einer Frau zu vernehmen. So schauerlich sie sich nachts um drei Uhr auf einem menschenleeren Krankenhausflur auch anhörten, in Roberta Gilchrist machte sich Erleichterung breit. Endlich ging es voran!

Sie selbst hatte es zwar noch nie selbst erlitten, aber diese höllischen Schmerzen gehörten eben dazu.

Wie gerne hätte sie es Samantha erspart. Eine zärtliche Liebe stieg in ihr auf, die sie noch nie stärker gespürt hatte, als in diesem Moment.

Zwar hatte sie ihr Leben lang mit Kindern verbracht und allen ihre Zuneigung geschenkt. Aber mit Samantha war das anders. Sie fühlte sich für Roberta nicht nur wie eine Tochter an – Samantha war die Tochter, die Roberta nie hatte.

Auch Michael, Samanthas Ehemann, hatte sie fest ins Herz geschlossen. Sie waren Robertas Familie geworden, hatten sich ihrer angenommen und ihr praktisch ein neues Leben geschenkt, als ihr altes keinen Sinn mehr hatte. Und da Samantha und Michael keine Eltern mehr hatten, wurde sie nun die Großmutter dieses Babys. Sie, die völlig alleinstehende Roberta Gilchrist, die nie Zeit für Freundschaften gehabt hatte, bekam nun ein Enkelkind. Beim Gedanken daran wurden ihre Augen erneut feucht.

Mit einem Mal spürte sie Hektik.

Eine beruhigende, souveräne Frauenstimme war plötzlich zu hören und übertönte die Schreie: »Samantha, erst pressen, wenn ich es sage ... noch nicht, noch nicht ... jetzt pressen! Mit aller Kraft! So ist es gut! ... Aufhören, aufhören! Wir warten jetzt, bis die nächste Wehe kommt ...«

Roberta dachte an den Tag zurück, an dem sie und Samantha sich zum ersten Mal im Waisenhaus begegnet waren: Die sympathische junge Frau hatte sich bei ihr um eine Stelle beworben. Wie sehr sich die Dinge in beider Leben inzwischen verändert hatten!

»Und jetzt noch einmal! Gleich kommt das Köpfchen! Weiter, weiter, weiter! ... Halt! Aufhören! Das Köpfchen ist da! Kurz ausruhen ...«

Roberta wagte nicht, zu atmen. Sie lauschte auf die Stille zwischen Samanthas angestrengtem Stöhnen und der kraftvollen Stimme der Hebamme. Es war, als hörte in diesen Momenten Robertas Welt auf, sich zu drehen. Sie hielt weiterhin inne.

»Jetzt nochmal pressen! Weiter, weiter, weiter! Gleich ist Ihr Baby da ...«

Und dann erscholl endlich das herzzerreißende Schreien eines Neugeborenen. Das schlafende Krankenhaus war plötzlich mit Leben erfüllt.

Roberta schickte einen innigen Dank zum Himmel. Sie lachte und weinte gleichzeitig vor Glück und Erleichterung.

Ein paar Minuten später kam Michael aus dem Kreißsaal. Er war völlig aufgelöst und fiel Roberta um den Hals.

»Es ist da – es ist ein Junge«, schluchzte er.

»Oh, mein Gott, Sammy war so tapfer!«
»Ist denn alles gutgegangen?«
»Ja. Wie sagt man? Mutter und Kind sind wohlauf!« Er strahlte sie an.
»Oh, Michael, ich gratuliere dir von Herzen! Euch beiden!«
Roberta trocknete ihre Tränen und putzte sich die Nase. »Das ist wirklich eine gute Nachricht! Dann werde ich jetzt wieder nach Hause fahren und ...«
»Kommt nicht infrage! Erst musst du den Kleinen sehen!«
»Aber ich kann doch nicht ...«
»Natürlich! Du bist schließlich die Großmutter!«
Michael nahm sie am Arm und ging in den Kreißsaal voran.
»Bist du sicher?«

Samanthas Haar hing in schweißverklebten Strähnen herab. Völlig ermattet lag sie da, aber ihr Strahlen erhellte den Raum. Auf ihrem Bauch lag ein Bündel aus weichem, hellblauen Stoff. Ihre Arme hielt sie schützend darumgelegt.
»Samantha, ich gratuliere dir von Herzen«, sagte Roberta leise. Vorsichtig kam sie näher und drückte der jungen Mutter einen Kuss auf die feuchte Stirn.
»Danke, meine liebe Roberta. Darf ich dir deinen Enkel vorstellen? Colin Charles Tomlinson!«
»*Colin* soll er heißen? Das ist ein wirklich hübscher Name!«
Samantha hob die Decke ein wenig an, damit Roberta das Gesichtchen sehen konnte.
»Er sieht ja aus wie ein Engel!«
Roberta war hingerissen. Ehrfürchtig stand sie davor. Sie wagte nicht, dieses niedliche, fast ätherische Wesen anzurühren. Plötzlich schob sich ein kleines Ärmchen mit

einer winzigen, geballten Faust aus dem Tuch heraus.
»Und ein Kämpfer bist du auch, mein Kleiner?«
Die frischgebackenen Eltern lachten glücklich und erleichtert.

Ein paar Minuten später verabschiedete sich Roberta. An der Krankenhauspforte bestellte sie ein Taxi, um sich nach *Cardington Manor* zurückfahren zu lassen. In ihrer Wohnung würde sie einen Piccolo Sekt öffnen, um auf den neuen Erdenbürger zu trinken. An Schlaf war vor lauter Aufregung sowieso nicht zu denken.

Michael blieb im Kreißsaal, bis das Baby gewogen, vermessen, gebadet und angezogen war. Währenddessen saß er bei Samantha und streichelte sie.

Sie hatten einen gesunden Jungen bekommen. Sie waren jetzt Eltern eines Sohnes.

Und er hatte einen Namen: *Colin*. Den schrieb die Hebamme gerade auf ein winziges, hellblaues Plastikarmband, bevor sie es an Colins Handgelenk befestigte. Dann übergab sie den Kleinen mit einem aufmunternden Lächeln an Michael.

»So! Jetzt gibt es hier mal eine Herrenrunde, während wir uns um die Frau Mama kümmern!«

In der hinteren Ecke des Raumes stand ein bequemer Sessel. In den setzte sich Michael ganz behutsam. Nun hatte er endlich Gelegenheit, seinen Sohn zu begrüßen. Jede Einzelheit nahm er wahr und wollte sie sich für immer einprägen: die fest verschlossenen Äuglein, die in Falten gelegte Stirn, die feine Stupsnase und die zarten Flaumhärchen, die Colins Wangen bedeckten.

Michael roch an ihm und war überwältigt von dem zauberhaften Duft, der von dem Kleinen ausging.

Als dieser im Schlaf wieder mit den Ärmchen ruderte, schob Michael einen Finger an eine winzige Handfläche.

Da packte Colin zu und hielt seinen Vater fest.

»Du hältst mein Herz in deiner Hand, mein kleines Wunder«, sagte Michael gerührt.

»Wir bringen Ihre Frau jetzt in ihr Zimmer, damit sie sich ausruhen kann. Möchten Sie sie begleiten? Und der Kleine kommt erst einmal zu uns auf die Säuglingsstation. Bis die Milch einschießt, bekommt er dort Glucosesirup.«

Widerwillig trennten sich Vater und Sohn.

Michael küsste die winzige Hand, die daraufhin seinen Finger wieder freigab.

Er ging noch kurz mit in Samanthas Zimmer.

Beide waren sie am Rande ihrer Kraft. Er wollte ihr noch so vieles sagen, aber das Glück, Zeuge bei einem Wunder gewesen zu sein, hatte ihn sprachlos gemacht. Als Michael sicher war, dass Samantha alles Notwendige hatte, verabschiedete er sich zärtlich von ihr.

»Erhole dich gut, mein tapferes Mädchen! Du bist jetzt eine Mutter!«

»Mach ich! Versprochen! Und du musst ab sofort doppelt vorsichtig fahren. Du bist jetzt ein Vater«, war das Letzte, was Samantha sagte, bevor sie mit einem Lächeln einschlief.

3

Ein paar Tage später holte Michael seine Familie nach Hause. *Meine Familie!* Zum ersten Mal!

Colin lag in einem Babysitz auf der Rückbank. Er verschlief die erste Autofahrt seines Lebens.

Auch Samantha hielt ihre Augen geschlossen und döste ein wenig. Sie genoss die Ruhe fernab vom Klinikbetrieb. In ihren Halbschlaf mischten sich Gedanken. Sie war nun nicht länger nur Teil eines Paares. In ihr keimte das Bewusstsein auf, dass sie sich ab jetzt nicht mehr selbst gehörte, solange dieser kleine Mensch von ihr abhängig war. Und das würde er die nächste Zeit rund um die Uhr bleiben. Colins Bedürfnisse würden ihren Tages- und Nachtrhythmus bestimmen – das begriff sie in diesem Moment so klar wie niemals zuvor.

Obwohl sie natürlich vorher gewusst hatte, dass eine junge Mutter auch nachts für ihr Neugeborenes da sein musste – die Praxis zeigte ein paar weitere Feinheiten. Die Umstellung auf die Verantwortung für ihr erstes Kind war die bisher größte Veränderung ihres Lebens.

Samantha öffnete erst wieder ihre Augen, als sie den Kies der Zufahrtsstraße unter den Reifen spürte. Dieses Geräusch, verbunden mit einer leichten Vibration, war das Zeichen, dass sie bald zu Hause sein würden.

Sie stellte ihren Sitz wieder senkrecht und warf einen Blick in den Kosmetikspiegel auf der Rückseite der Sonnenblende. Sie sah müde aus, aber das war kein Wunder. So eine Geburt war schließlich kein Vergnügen.

Langsam kam *Cardington Manor* in Sicht und sie näherten sich der Auffahrt.

Samantha wunderte sich über die vielen Menschen, die vor dem Eingang standen, und fürchtete im ersten Moment, dass etwas passiert wäre. Dann erst sah sie, dass dieser Auflauf ihr galt. Ihr und Colin.

Bevor das Auto anhielt, folgte die ungeordnete Menschentraube einer geheimen Choreografie. Alle standen plötzlich in einer Reihe und strahlten.

Michael stieg als Erster aus. Er ging um den Wagen herum und war Samantha behilflich.

Sie war noch ziemlich wackelig auf den Beinen, das merkte sie in diesem Moment. Mit Tränen in den Augen sah sie hinüber zu diesen vielen Bediensteten, die im selben Augenblick ein Banner in die Luft hoben.

Ein herzliches Willkommen dem kleinen Colin und seiner lieben Mama!

Alle Menschen, die auf Cardington Manor arbeiteten, nahmen an diesem Empfang teil: von Henderson, Rose, Frances und noch weiterem Hauspersonal bis zu den Stallburschen und Gärtnern. Zwischen ihnen standen Roberta, die drei Erzieherinnen und sämtliche Kinder aus dem Waisenhaus.

Ferner hatte sich Dr. Mortimer eingefunden. Seit Jahrzehnten war er der Hausarzt der Familie Cardington, inzwischen auch der Familie Tomlinson und außerdem ehrenamtlicher medizinischer Betreuer des Kinderheims. Henderson hatte ihn verständigt, weil der Mediziner gerne an der Begrüßungszeremonie teilnehmen wollte.

Dr. Mortimer hatte damals die quälenden Jahre der ungewollten Kinderlosigkeit der Cardingtons miterlebt und freute sich nun ganz besonders für Samantha.

Michael hatte inzwischen den Babysitz von der Rückbank geholt und folgte Samantha, die auf den Eingang zuging. Als sie näherkamen, begannen einige aus der versammelten Menge zu klatschen. Doch Henderson unterbrach sie mit einer Handbewegung, die etwas sehr Bestimmendes hatte.

»Leise! Ihr weckt ihn doch auf! Oder soll sich der kleine Kerl gleich erschrecken vor euch?«

Als das Geräusch wieder abgeebbt war, sprach Samantha zu allen: »Was für ein reizender Empfang! Wir danken Ihnen von Herzen! Und nun haben wir die Ehre, Ihnen unseren Sohn vorzustellen.«

Sie blickte sich nach Michael um, der die Trageschale inzwischen auf seinen Armen hielt.

»Colin, das sind all die lieben Menschen, die hier mit uns zusammenleben«, sagte Michael in die Richtung seines schlafenden Sohnes.

Langsam schritt er mit dem Kleinen auf dem Arm die ganze Reihe ab. Andächtiges Raunen und leises Entzücken begleiteten Vater und Sohn.

Samantha lächelte stolz.

Dann löste sich eines der Kinder aus der Gruppe. Frank, ein rothaariger Junge aus dem Waisenhaus, hielt einen Blumenstrauß in der Hand und überreichte ihn Samantha. Sie nahm ihn erfreut entgegen und küsste den Jungen auf beide sommersprossigen Wangen.

Frank war sichtlich stolz, als Vertreter des Kinderheims ausgewählt worden zu sein. Leicht errötet stellte er sich zurück in die Reihe und strahlte.

Henderson räusperte sich.

»Verehrte Mrs Tomlinson, Mr Tomlinson«, er deutete eine leichte Verbeugung an.

»Als Butler und Personalvorstand auf Cardington Manor ist mir der heutige Tag eine ganz besondere Freude! Wir dürfen einen neuen Hausbewohner begrüßen, Ihren kleinen Sohn Colin, der jetzt bereits unser aller Herzen erobert hat.«

Gerührt hielt Henderson einen Moment lang inne.

»Wie es seit jeher auf Cardington Manor Tradition war, haben wir alle zusammengelegt für dieses kleine Präsent, das ich nun die Ehre habe, Ihnen zu überreichen.«

Er hielt ein winziges, hellblau verpacktes Geschenk in den Händen und gab es Samantha.

»Möge dem kleinen Colin ein glückliches und erfülltes Leben beschert sein!«

Daraufhin verfiel die ganze Gruppe in einen begeisterten Applaus und hätte sich dieses Mal von niemandem mehr unterbrechen lassen.

Roberta blickte den Butler bewundernd an und schniefte gerührt in ein altmodisches Stofftaschentuch.

Colin bekam von der ganzen Aufregung nichts mit. Er schlief seelenruhig weiter.

Mit Tränen in den Augen wickelte Samantha das Päckchen aus. Zum Vorschein kam ein Kinderlöffel aus echtem Silber. Auf dem Griff war der Name *Colin* eingraviert.

»Im Namen meiner Familie danke ich Ihnen von Herzen für diesen entzückenden Löffel! Wir werden ihn in Ehren halten«, sagte Samantha mit einem Seitenblick auf Michael und ihren Sohn.

»Gerade habe ich zum ersten Mal *meine Familie* gesagt und damit meinen Mann und meinen Sohn gemeint.«

Sie lächelte. »Aber Sie müssen wissen, dass es mir sehr viel bedeutet, nach Hause zu kommen und Sie alle hier vorzufinden.«

Michael legte seinen Arm um Samantha und nickte zur Bestätigung.

»Ja, wir sind nun zwar zum ersten Mal als Familie nach Hause gekommen, aber es ist so, dass Sie alle irgendwie unsere Familie sind! Jeder Einzelne von Ihnen!«

Das Begrüßungskomitee applaudierte erneut. Einige wischten sich verstohlen mit dem Handrücken über die

Augen. Dann löste sich die Versammlung auf und jeder ging in die Richtung, in der er seine Beschäftigung hatte.

Nur Henderson und Roberta blieben bei Samantha und Michael, um ihnen behilflich zu sein.

Ebenfalls zum ersten Mal betraten sie gemeinsam das renovierte Kinderzimmer. Es war kaum wiederzuerkennen: Alles strahlte nun frisch und hell. Die Tapete an den Wänden war weiß und gelb gestreift und gab dem Zimmer eine so fröhliche Anmutung. Als würde die Sonne hereinscheinen, was sie an diesem bedecktem Tag allerdings nicht tat.

Quer durch den Raum verlief auf halber Höhe eine farblich passende Bordüre mit Spielzeugmotiven.

Auf dem dunklen Boden aus Eichenparkett lag ein honigfarbener, weicher Teppich.

Sämtliche Möbel hatte Samantha erhalten; sie hatte sie lediglich sorgfältig säubern lassen.

Auch die Wiege erstrahlte im neuen Glanz eines edlen, purpurnen Seidenschleiers.

Bei diesem Anblick stutzte Michael.

»Hast du diese Farbe deshalb gewählt, weil wir nicht wussten, ob es ein Junge oder ein Mädchen wird?«

Als Samantha ihn fragend ansah, fuhr er fort: »Ich meine, dieses Violett ist doch eine Mischung aus Rosa und Hellblau ...«

Behutsam stellte er die Trageschale mit Colin in einem dunkleren Winkel ab und schloss die Vorhänge.

»Aber nein!« Samantha lachte. »Also mit der Mischung hast du schon recht. Aber die Farbe nennt sich Purpur und entspricht genau der Farbe, die der Kleine in meinem Bauch wahrgenommen hat. Verstehst du, er soll sich hier genau so geschützt und geborgen fühlen, wie vor der Geburt und ...«

»... Und dafür liebe ich dich unendlich, mein Schatz! Dafür und noch für so vieles mehr ...«

Michael zog Samantha in seine Arme und küsste sie zärtlich. Danach hielt er sie noch lange fest und genoss es unendlich, ihren warmen Körper wieder zu spüren. Nach langer Zeit war nun kein dicker Bauch mehr zwischen ihnen.

»Fühlt sich ungewohnt an, findest du nicht?«, sagte Samantha und lachte.

»Ja! Fast wie beim ersten Mal! Da hattest Du nur etwas weniger an«, sagte Michael und lachte ebenfalls. »Das ist noch kein Jahr her und doch fühlt es sich an, als wäre es in einem früheren Leben gewesen!«

»Ja, so ist es«, sagte Samantha und unterdrückte ein Gähnen. »Ich werde mich jetzt ein wenig ausruhen, solange der Kleine schläft. Das war doch alles anstrengender, als ich mir es vorgestellt hatte.«

»Mach das, Schatz! Soll ich bei Colin bleiben, bis er wach wird?«

»Am liebsten wäre mir, ihr würdet beide mit zu mir ins Schlafzimmer kommen. Dann können wir uns alle drei zusammenkuscheln und wir sind da, wenn unser Schätzchen aufwacht. Nicht dass er sich ängstigt in der fremden Umgebung.«

Michael holte Colin, der noch immer fest schlief, und folgte Samantha durch eine Verbindungstür ins Schlafzimmer.

4

An einem strahlenden Vormittag unternahmen sie ihren ersten Familienausflug. Das war ein Spaziergang in den Park von Cardington Manor. Ziel war das Waisenhaus, das Samantha einige Monate zuvor im ehemaligen Gesindehaus des Anwesens hatte einrichten lassen. Bei der feierlichen Begrüßung anlässlich Colins Geburt hatten sie den Kindern versprochen, mit dem Baby vorbeizukommen, sobald sie sich miteinander eingewöhnt hätten. Inzwischen war Samantha auch nicht mehr so wackelig auf den Beinen, sodass sie ihr Versprechen heute einlösen konnten.

Der grobe Sand, mit dem die Wege aufgeschüttet waren, ließ die großen Räder des dunkelblauen Kinderwagens sanft vibrieren. Dadurch war Colin schon nach wenigen Metern eingeschlafen.

»Unserem Sohn geht es wie mir«, sagte Samantha und kicherte. »Auf mich hat es auch immer eine ungemein beruhigende Wirkung, wenn ich den Kies von Cardington Manor unter den Autoreifen knirschen höre.«

»Ja! Dieses Gefühl von Geborgenheit und Nachhausekommen! Ich weiß genau, was du meinst – nur dass wir hinterm Steuer nicht einschlafen dürfen wie unser kleiner Prinz hier.«

Michael spähte liebevoll lächelnd in den Wagen hinein. »Glaubst du wirklich, das hat er von uns geerbt?«

»Mein Schatz, ich muss dir leider sagen, die meisten Babys schlafen auf Spazierfahrten an der frischen Luft ein. Das ist ja auch meistens der Sinn der Sache.«

»Aber ... sind alle Babys auch so ... so pflegeleicht?

Der Kleine macht einem doch kaum Mühe. Ich hatte mir das echt anstrengender vorgestellt.«

»An deiner Brust möchte er ja auch nicht alle paar Stunden trinken«, sagte Samantha und lachte. Sie liebte diesen Ausflug mit *ihren beiden Männern* bereits jetzt.

»Aber du hast natürlich völlig recht. Colin ist kein anstrengendes Kind. Da habe ich in den Heimen, in denen ich gearbeitet habe, schon ganz andere erlebt.«

»Das kann ich mir vorstellen.«

»Aber das liegt auch an den Lebensumständen, weißt du? Unser Sohn hat einfach alles, was so ein Kind braucht: liebende Eltern, Fürsorge, Gesundheit, Sicherheit. Diese armen Kinder in den Heimen dagegen tragen oft nur ihr nacktes Leben am Leib. Sie dürsten förmlich nach Liebe und Zuwendung, die die Betreuerinnen dann auch noch unter allen aufteilen müssen.«

»Das stimmt natürlich. Im Gegensatz dazu hat unser Kleiner nur dann zu leiden, wenn du dein Hemd nicht schnell genug aufbekommst.«

»Und selbst in diesen wenigen Sekunden hat er Angst, zu verhungern!«

Als sie sich dem Waisenhaus näherten, beaufsichtigte Roberta gerade ein paar Kinder auf dem Spielplatz, der sich hinter dem Haus befand. Sobald sie die junge Familie bemerkt hatte, rief sie schnell ihre Schützlinge zu sich und legte den Zeigefinger auf den Mund.

Sofort war das fröhliche Geplapper verstummt und alle drehten sich herum in die Richtung des Weges.

»Jeder von euch darf den kleinen Colin sehen, aber wir wollen ihn nicht aufwecken, nicht wahr?«

Die Kleinen nickten artig und flüsterten ab diesem Moment nur noch andächtig.

Michael parkte den Kinderwagen mitten im Sandkasten, sodass jeder von ihnen einen Blick hineinwerfen konnte. Nach ein paar Minuten wurde es den Kindern jedoch zu langweilig, einem Baby beim Schlafen zuzusehen. Nach und nach wandten sie sich wieder ihren Kletter- und Schaukelgeräten zu.

»Na, wie läuft es hier im Heim, Roberta?«, fragte Samantha. »Die letzten paar Wochen hatte ich ja überhaupt keinen Kopf mehr dafür.«

»Das ist doch auch kein Wunder, meine Liebe! Du hast jetzt wirklich genug geleistet. Noch richtig mitgenommen siehst du aus! Wenn der kleine Schatz schläft, musst du dringend zusehen, dass du wieder zu Kräften kommst! Diese Zeit dauert nicht ewig, dass Babys so viel Schlaf brauchen. In ein paar Wochen wird das schon weniger!«

»Du hast ja recht, Roberta – wie immer!«

Samantha nahm ihre mütterliche Freundin in den Arm und drückte sie liebevoll an sich. »Aber sag doch, wie geht es hier? Sind alle Kinder gesund?«

»Ja, denen geht es prächtig! Und stell dir vor, jetzt sollen schon wieder zwei Mädchen adoptiert werden!«

»Das ist ja wunderbar! Was der Name *Cardington* so alles bewirkt – nicht zu glauben!«

»Von so einer Nachfrage haben wir damals geträumt in Lamberhurst, weißt du noch?«

»Ja, hier ist ein richtiges Kommen und Gehen inzwischen.«

»Interessiert sich eigentlich auch mal jemand für Frank?«, wollte Michael wissen.

»Nein ... wisst ihr, in diesem Punkt sind alle Waisenhäuser gleich: Die Leute wollen in erster Linie kleine Mädchen. Wenn überhaupt Jungs, dann nur als Babys.«

»Komisch! Frank ist ein so netter Junge«, sagte Michael. »Den habe ich richtig gern inzwischen.«

»Frank ist mein ganz spezieller kleiner Freund, seit ich das Heim in Lamberhurst zum ersten Mal betreten habe«, sagte Samantha. »Ihm würde ich so sehr eine nette Familie wünschen.«

»Ja, ich auch«, sagte Roberta. »Wobei mir auch ein wenig davor grauen würde. Ihr müsst wissen, er ist nun schon fast sein ganzes Leben lang in meiner Obhut. Das werden jetzt bald sieben Jahre! Er war damals noch kein Jahr alt.«

»Wie nimmt er es denn auf, dass die Leute meist nur kleine Mädchen adoptieren wollen und er immer übrigbleibt?«, fragte Michael. »Verletzt ihn denn das nicht?«

»Na, ja ... Wie ihr euch sicher vorstellen könnt, reagiert er darauf schon neidisch«, sagte Roberta.

»Einmal habe ich ihn sogar dabei erwischt, wie er aus Eifersucht eine Dreijährige an den Haaren gezogen hat. Du weißt schon, Samantha, diese kleine Sue mit den blonden Stöpsellocken, die immer so laut geschrien hat wie eine Sirene. Er hat erst damit aufgehört, ihr wehzutun, als ich dazwischengegangen bin.«

»Ja, ich erinnere mich an die Kleine. Oh je!«

»Das ist doch eigentlich verständlich, dass er so reagiert. Findet ihr nicht?«, fragte Michael.

»Wahrscheinlich hast du recht, Michael«, sagte Roberta. »Seine Reaktion ist verständlich und traurig zugleich. Aber so ist das Leben! Es ist eben nicht immer gerecht. Da kann man nichts machen«

Sie schwiegen betreten. Darauf wusste niemand von ihnen mehr etwas zu sagen.

»Ach, ja, Samantha, was ich dir noch erzählen wollte,«, sagte Roberta, »es haben sich zwei Charity-Damen aus der Umgebung bei mir gemeldet. Die möchten im Sommer einen Wohltätigkeitsbasar zugunsten der Cardington-Stiftung abhalten.«

»Was? Das ist ja unglaublich!«

»Das finde ich auch! Die klappern gerade sämtliche Häuser der Umgebung ab und fragen nach guterhaltenen Gegenständen, die dann auf dem Basar versteigert werden sollen. Und unsere Kinder sollen bis dahin möglichst vieles basteln. Und das wird dann dort an kleinen Ständen verkauft.«

»Mein Gott ... Weißt du noch, Roberta, wie wir in Lamberhurst manchmal nicht genug Geld hatten, um Windeln zu kaufen? Und hier bekommen wir plötzlich alles nachgeworfen!«

»Ja, das ist schon eine verdrehte Welt!«

Leises Grummeln drang aus dem Kinderwagen; das Gefährt schien sich plötzlich wie von Geisterhand zu bewegen. Das Geräusch wurde immer lauter und verwandelte sich schließlich in ein aufgeregtes, fast panisches Hecheln.

»Oh, jetzt wird es aber wirklich Zeit«, sagte Samantha und sah auf ihre Armbanduhr.

»Setz dich am besten mit ihm in mein Büro, meine Liebe!«

Michael befreite seinen Sohn aus dem Deckengewirr und nahm ihn auf den Arm. Die Kinder hatten ihr Spiel unterbrochen und kamen wieder gelaufen, um sich das Baby im Wachzustand anzusehen. Colin machte dabei große Augen und war nun ein wenig abgelenkt von seinem Hunger.

Samantha saß im Büro des Waisenhauses und knöpfte sich die Bluse auf. Roberta stellte eine große Tasse Fencheltee vor sie hin und hielt sie an, diesen auch zu trinken.

»Das ist alles andere als meine bevorzugte Sorte,«, sagte Samantha nach dem ersten Schluck und schüttelte sich, »aber was tut man nicht alles!«

Während Samantha darauf wartete, dass Michael ihr den Kleinen hereinbrachte, wanderte ihr Blick durch den Raum. An einer Wand hing ein alter Kupferstich, der die Gebäude und Stallungen von Cardington Manor sowie Teile des Parks zeigte. Daneben war ein Jugendporträt von Charles platziert, das in früheren Zeiten im Haupthaus die Ahnengalerie neben dem Treppenaufgang in der Halle geschmückt hatte. Samantha hatte es vor Kurzem dort entfernen lassen. Die Besucher des Waisenhauses sollten schließlich erfahren, wer der Namensgeber der *Lord Cardington Stiftung* und die Ursache aller damit verbundenen Segnungen war.

»Weißt du,«, sagte sie zu Roberta, »mir wird zurzeit immer wieder klar, dass wir das alles hier dem armen Charles zu verdanken haben. Seinem Tod und seiner Großzügigkeit. Du, ich, meine Familie, die Kinder, das gesamte Personal von Cardington Manor – wir alle haben ihm zu verdanken, dass es hier weitergeht! Nie im Leben hatte ich erwartet, dass er mir überhaupt etwas vererben würde, und schon gar nicht alles! Seinen gesamten Besitz!«

»Ja, das ist schon eine wunderbare Fügung, wie im Märchen«, sagte Roberta, als die Tür aufging. Sie nahm Michael das Baby ab. »Wir sind gesegnet, alle miteinander!« Dann herzte sie Colin und drückte ihm einen Kuss auf. »Und sogar einen richtigen Engel haben wir bekommen!« Sie schnupperte kurz und lachte. »Einen Engel, der gerade dringend eine frische Windel benötigt! Und das erledigt jetzt mal deine Granny«, sagte Roberta und verschwand mit dem Kleinen in einem der Nebenräume.

Samantha schmiegte sich an Michael, der gerade neben ihr stand, und sagte: »Ich denke, wir haben genau das Richtige getan.«

»Was genau meinst du, Schatz?«

»Na, einfach alles! Auf Cardington Manor zu wohnen, statt es zu verkaufen, die Stiftung zu gründen, das Waisenhaus hierher umzusiedeln, Roberta zur Großmutter unseres Kindes zu machen – das alles eben.«

»Ja. Genau so fühlt es sich an, einfach nur richtig. Und wir leben im reinsten Paradies. In einem Paradies ohne Schatten.«

5

Samantha schloss leise die Türe des Kinderzimmers hinter sich. Sie seufzte erleichtert. Ihr kleiner Colin hatte an ihrer Brust getrunken und war dabei eingeschlafen. Gerade merkte sie, wie müde sie selbst war. Das war nun eine willkommene Gelegenheit, sich ebenfalls hinzulegen.

Die letzten vier Wochen war Michael zu Hause geblieben, um viel Zeit mit ihr und dem Baby zu verbringen. Nun war er wieder geschäftlich in Hampshire unterwegs. Es war ihm schwergefallen, von seiner Familie wegzufahren, doch er konnte seine Auftraggeber nicht länger vertrösten.

Seit Michael wieder zu arbeiten begonnen hatte, gab es niemanden mehr, der Samantha nachts beim Wickeln des Kleinen ablöste. Ein Kindermädchen anzustellen, das kam für sie nicht infrage. *Warum sollte es mir anders ergehen als anderen Müttern?*

Natürlich hatte sich Roberta angeboten, aber das wollte Samantha nicht annehmen. Die gute Roberta neigte dazu, sich aus Hilfsbereitschaft zu überfordern. Daran hatte sich nichts geändert. Es war noch gar nicht so lange her, dass sie mit einer schweren Herzerkrankung zu tun hatte. Sie brauchte ihren Schlaf dringend. Vielleicht sogar noch dringender als eine junge Mutter.

Ein diskretes Räuspern riss Samantha aus ihren Gedanken.

»Verzeihen Sie, Mrs Tomlinson, da wäre ein Telefongespräch für Sie. Ich habe es ins Büro gelegt.«

»Danke, Henderson! Wer ist es denn?«

Henderson zögerte einen Moment. Dann antwortete er:
»Eine Mrs Tomlinson.«
Samantha fuhr herum.
»Wer?«
»Die Dame sagte, ihr Name wäre Mrs Tomlinson.«
Samantha riss überrascht die Augen auf und lachte.
»Da muss sich jemand einen Scherz erlaubt haben! Sind Sie sicher, dass Sie sich nicht verhört haben, Henderson?«
»Ich fürchte, ja.«
»Danke, Henderson! Dann werde ich mal sehen, was es damit auf sich hat. Vielleicht ist es ja auch nur ein merkwürdiger Zufall.«

Samantha öffnete die Tür des Büros. Es war ebenjener Raum, in dem Charles Selbstmord begangen hatte, das Zimmer war indes sorgfältig renoviert und ummöbliert worden. Nichts erinnerte mehr an dieses tragische Unglück.

Samantha ging zu einem alten Sekretär, der an der hinteren Wand in der Nähe des Fensters stand. Sie sah den Telefonapparat blinken und nahm den Hörer ab.
»Ja, bitte! Hallo?«
»Hallo!«, sagte eine tiefe, heisere Frauenstimme. »Sie müssen Patricia sein.«
Samantha schnaubte belustigt und schüttelte den Kopf.
»Nein, mein Name ist nicht Patricia. Mit wem habe ich denn die Ehre?«
»Ich will Michael sprechen. Ist er da?«
»Diese Frage beantworte ich Ihnen erst, wenn Sie mir verraten, wer Sie sind.«
»Hier spricht Mrs Tomlinson.«
»Aha! Und wer sind Sie? Eine Verwandte von Michael?«
»Allerdings. Ich bin seine Mutter.«
Samantha zuckte zusammen.

Das konnte nicht sein! Michaels Mutter war verstorben. Genau wie sein Vater.

Das wusste Samantha genau. Michael hatte es ihr erzählt, als sie die Heiratsdokumente zusammengestellt hatten.

Sie lachte höflich und versuchte, diese Farce zu einem Ende zu bringen.

»Hören Sie, das muss ein Irrtum sein. Mein Mann hat keine Mutter mehr. Bestimmt meinen Sie einen anderen Michael Tomlinson.«

»Ganz sicher nicht! Geben Sie mir doch mal Michael an den Apparat! Dann wird sich die Sache aufklären.«

»Hören Sie, auch wenn wir den gleichen Familiennamen haben, Sie müssen sich irren ...«

»Das glaube ich nicht. Mein Sohn ist 38 Jahre alt und Landschaftsarchitekt. So viele wird es mit diesem Namen nicht geben.«

Als die Frau auch noch Michaels korrekte Geburtsdaten durchgab, fiel Samantha fast der Hörer aus der Hand.

Wie konnte das sein? Warum hätte ihr Michael in diesem Punkt nicht die Wahrheit sagen sollen?

»Hallo? Hallo? Sind Sie noch dran?«, bellte es schroff aus dem Hörer.

»Äh ... ja ... und was wollen Sie von Michael?«

»Abgeholt werden! Wir stehen am Bahnhof von Rye. Es ist ziemlich windig hier und Hutch hat 'ne böse Erkältung.«

»Wer ist Hutch?«

Samantha musste an den altersschwachen Hund der Nachbarn ihrer Eltern denken, der auf diesen Namen gehört hatte.

»Na, mein Mann! Michaels Vater!«, sagte die Frau mit so viel Nachdruck, als hätte sie eine Schwachsinnige am Telefon.

»Michaels Vater? Mein Mann hat auch keinen Vater

mehr!«

»Na, dann eben Stiefvater! Kindchen, ich weiß nicht, warum Ihnen Michael aufgetischt hat, dass wir tot sind. Ich versichere Ihnen, wir sind quicklebendig ...«

»Aber, das kann doch gar nicht ...«

»... Und wir stehen hier an einem zugigen Bahnhof. Also holen Sie uns nun ab? Ein Taxi kommt auf diese Entfernung bestimmt sehr teuer und wir können die Rechnung ganz sicher nicht bezahlen!«

»Äh ... weiß Michael davon, dass Sie ihn besuchen wollen?«

»Ich denke nicht. Aber was tut das zur Sache? Wir sind schließlich seine Eltern!«

»Ich werde sehen, was ich tun kann ...«

Samantha ließ den Hörer sinken und legte auf.

Nach ein paar Sekunden der Starre wählte sie Michaels Nummer, der jedoch schon wieder nicht erreichbar war.

Verflixt!

Sie ging hinunter und bat Henderson, zum Bahnhof zu fahren und ihre vermeintlichen Schwiegereltern abzuholen. Was blieb ihr auch anderes übrig?

Die Situation bereitete ihr Unbehagen.

Es war nicht das erste Mal gewesen, dass sie versucht hatte, Michael anzurufen. Es war genau genommen das vierte Mal seit dem gestrigen Abend. Sie wusste ja aus Gesprächen und aus eigenem Erleben, dass Michael mit elektronischen Geräten auf Kriegsfuß stand. Wie oft ließ er sein Telefon zu Hause liegen, verlegte es irgendwo oder vergaß, den Akku aufzuladen?

Aber ausgerechnet jetzt?

Auch wenn noch fast eine ganze Stunde vergehen würde bis zum Eintreffen des Besuchs, an ein Schläfchen war jetzt nicht mehr zu denken.

Samanthas Gefühle schwankten zwischen Ohnmacht und Groll. Wenn sie sich wenigstens mit Michael hätte besprechen können, dann wäre die Situation nur halb so unangenehm gewesen.

So fühlte sie sich überrumpelt und überfordert.

Natürlich war es unverständlich, dass Michael ihr nicht die Wahrheit gesagt hatte über seine Eltern, aber er musste dafür einen Grund gehabt haben.

Vielleicht war es auch nicht richtig, dass sie diese Leute nun nach Cardington Manor kommen ließ, aber was hätte sie sonst tun sollen?

6

Samantha stand oben am Fenster des Büros und starrte hinunter auf die Auffahrt. Michael hatte noch immer nicht zurückgerufen. Sie fragte sich wieder und wieder, was in sie gefahren war, diese Leute, die sich für Michaels Eltern ausgaben, nach Cardington Manor bringen zu lassen. Hatte sie vielleicht einen Fehler begangen?

»Zu spät«, sagte sie zu sich selbst, als sie die silbergraue Limousine heranrollen sah.

Reflexartig wich sie einen Schritt zurück.

Ihr Magen machte sich durch einen unangenehmen Druck bemerkbar.

Sie waren also da. Jetzt konnte sie keinen Rückzieher mehr machen.

Vorsichtig setzte sie wieder einen Schritt nach vorne, gerade so weit, dass sie sehen konnte, was da unten vor sich ging. Vor allem wollte sie wissen, mit wem sie es zu tun bekam.

Sie beobachtete, wie Henderson ausstieg und mit einer eleganten Bewegung den Schlag des Wagens öffnete.

Samantha hielt den Atem an.

Eine blasse, knochige Hand streckte sich dem Butler entgegen. Henderson ergriff die Hand, um behilflich zu sein. Dann folgte ein dürres, grau bestrumpftes Damenbein. Als die Frau ausgestiegen war, hielt sie eine schäbige Handtasche fest an sich gepresst. Sie sah Henderson so misstrauisch an, als wäre er ein berüchtigter Taschendieb. Dann blickte sie sich um und bellte etwas ins Wageninnere, das Samantha nicht verstehen konnte.

Henderson war indes zur anderen hinteren Tür des Autos geeilt und befreite den zweiten Fahrgast. Der trug ein braun-beige kariertes Jackett, das an den Ärmeln zu kurz war. In der Hand hielt er einen alten, kleinen Koffer, der von einem Gürtel zusammengehalten wurde.

Samantha stand der Mund offen.

Diese Leute sollen Michaels Eltern sein
Das konnte doch nicht wahr sein!

»Oh, mein Gott! Der arme Henderson!«, entfuhr es ihr, als der feine, galante Herr seine Fracht mit gewohnt vollendeter Höflichkeit ins Haus geleitete.

Samantha wusste, dass er diese Leute in Kürze in die Halle gebracht haben würde. Sie hatte ihn darum gebeten, die Gäste nicht in einen der Privaträume zu bringen, bevor sie mit ihnen gesprochen hatte.

Diese Situation war einfach zu unangenehm.

Mit eiligen Schritten lief Samantha ins Badezimmer. Dort lag ein kleines weißes Kunststoffkästchen auf einer Konsole. Das war die Funkeinrichtung, über die sie kontrollieren konnte, ob Colin schlief oder bereits aufgewacht war. In einem Anwesen wie Cardington Manor war das äußerst praktisch und gewährte ihr doch einen gewissen Freiraum.

Sie nahm es, drehte an einem Knopf des Geräts und lauschte – nichts war zu hören.

Danach warf sie noch einen Blick in den Spiegel, der ein müdes, angespanntes Gesicht zurückwarf.

Pro forma kämmte sie sich übers Haar, das danach nicht anders aussah als vorher.

Dann zog es Samantha hinaus auf den Korridor. Ihr Herz klopfte heftig und es pochte in ihren Schläfen. Kurz bevor sie die Treppe erreichte, drang die unangenehme, dominante Stimme der Anruferin an ihr Ohr. Dazwischen hörte sie Henderson, wie er versuchte, zu Wort zu kommen.

Samantha war gewillt, ihrem treuen Butler beizustehen, und schritt entschlossen die Treppe hinunter.

»Mrs Tomlinson – Mr und Mrs Tomlinson wären jetzt hier«, sagte Henderson und zog sich nach einer angedeuteten Verbeugung diskret zurück.

Samantha hatte kaum den schachbrettartig gefliesten Boden erreicht, als der Begleiter der Frau schon auf sie zugestürmt kam.

»Ich muss schon sagen – nicht schlecht, wie Sie hier wohnen! Und mit so einem Rolls-Royce abgeholt werden – da kann ich mich direkt dran gewöhnen.«

Mit seiner fleischigen Pranke ergriff er Samanthas Rechte und schüttelte sie kräftig.

Völlig angewidert entzog Samantha ihm ihre Hand wieder und wischte sie unauffällig an ihrem Rock ab.

Sie betrachtete ihr Gegenüber: Der Mann hatte ein feistes, speckiges Gesicht, das durch eine unförmige rote Nase dominiert wurde. Auf seinem Kopf klebte spärlich fettiges, strähniges Haar und ließ eine Glatze durchscheinen. Seine eng stehenden, dunklen Augen wanderten unruhig hin und her wie bei einem lauernden Tier. Den Blickkontakt mit Samantha vermied er. Er zog es vor, sich stattdessen gründlich in der Eingangshalle umzusehen. Etwas Verschlagenes lag dabei in seinem Ausdruck.

Ein merkwürdiger Geruch – die Erinnerung an Mottenkugeln – stieg Samanthas in die Nase und zwang sie beinahe, die Luft anzuhalten.

Um sich nichts anmerken zu lassen, entgegnete sie:

»Es ist ein Bentley – und ich glaube, Sie machen sich falsche Vorstellungen, Mr ...«

»Willst du Patricia nicht erst mal guten Tag sagen, Hutch?«, keifte eine Stimme hinter ihm.

Außerdem wurde er angerempelt, woraufhin Hutch sich wieder daran erinnerte, dass er vor der Dame des Hauses stand. Erneut packte er Samanthas Hand.

»Guten Tag, Patricia!«, sagte er mit dem ihm zur Verfügung stehenden Charme. Mit etwas Mühe brachte er sogar ein schiefes Lächeln zustande, das ein ins Bräunliche gehende, unvollständiges Gebiss entblößte.

Bevor er Samantha einen schmierigen Handkuss aufdrücken konnte, wurde Hutch unsanft zur Seite gedrängt, worauf er ihre Hand gezwungenermaßen wieder losließ.

»Guten Tag, Patricia!«, sagte jetzt auch die magere Frau, die sich am Telefon als Mrs Tomlinson vorgestellt hatte.

Nun stand sie vor Samantha. Noch immer hielt sie ihre Handtasche mit beiden Händen umklammert. Sie taxierte die junge Hausherrin mit hochgezogenen Augenbrauen, was ihrem Gesicht einen Ausdruck von monarchischer Überlegenheit gab. Auch von ihr ging der strenge Geruch nach Mottenkugeln aus. Sie trug ein dunkelgraues Flanellkostüm, dessen beste Tage seit Langem vergangen waren. Vorne war es mit drei Knöpfen verschlossen, die nicht zusammenpassten. An den Revers und Aufschlägen glänzte es speckig, als wäre es unsachgemäß gebügelt worden.

Einen kurzen Augenblick lang hatte Samantha das Gefühl eines Déjà-vu: Zusammen mit den Kindern aus dem Waisenhaus hatte sie vor ein paar Monaten im Kino die Verfilmung von Charles Dickens' *Oliver Twist* gesehen. Diese Leute hier erinnerten sie an zwei unsympathische Figuren daraus.

Oder werde ich gerade von einer versteckten Kamera gefilmt? Diese Gedanken belustigten Samantha, doch sie wollte sich keine Blöße geben.

Die Situation hatte auf jeden Fall etwas Unwirkliches, ins Groteske Gehende.

Hatte sie tatsächlich gerade Michaels Eltern vor sich?

»Wie ich Ihnen bereits bei unserem Gespräch am Telefon sagte, ist mein Name *nicht* Patricia«, betonte Samantha mit Nachdruck.

»Mein Name ist Samantha, Samantha Tomlinson. Dieses Minimum an Höflichkeit darf ich wohl erwarten, wenn Sie schon erzwingen, hierher in mein Haus geholt zu werden.«

Dann erwiderte sie den prüfenden Blick ihres Gegenübers und zog auf die gleiche Weise ihre Augenbrauen nach oben.

Die Frau knurrte irgendetwas Unverständliches. Dann sagte sie: »Wie dem auch sei – ich bin Michaels Mutter und ich möchte nun endlich zu meinem Sohn gebracht werden. Also, wo ist er?«

Sie sah sich in der Halle um, als würde sie ihren Spross dort beim Versteckspiel vermuten.

»Vorausgesetzt Sie sind wirklich Michaels Mutter – er ist nicht da.«

»Was soll das heißen – *vorausgesetzt Sie sind wirklich Michaels Mutter?*«, äffte die Frau Samantha nach und erhob die Stimme: »Glauben Sie mir etwa nicht?«

Dann öffnete sie ihre abgewetzte Handtasche und kramte darin herum, bis sie etwas fand und herauszog, das einem Personalausweis ähnlich sah. Mit einer schroffen Bewegung hielt sie es Samantha hin.

»Da steht es – schwarz auf weiß! Überzeugen Sie sich!«

Samantha nahm das Papier und las:
Muriel Tomlinson.
Geboren am 13. November 1948 in York.
Sie schluckte.
Michael war ebenfalls in York geboren.
Es stimmte also.
Wortlos reichte sie den Ausweis zurück.

Mrs Tomlinson nahm ihn und stopfte ihn mit triumphierender Miene wieder in die Abgründe ihrer Tasche.

»Nun ... Wie ich schon sagte, Michael ist nicht da. Er ist geschäftlich unterwegs in Hampshire und ich weiß nicht, wann er zurückkommt. Ich kann ihn seit gestern nicht erreichen.«

»Dann warten wir auf ihn. Irgendwann wird er ja wohl zurückkommen.«

»Das steht Ihnen frei.«

Samantha betätigte einen Klingelknopf aus Messing, der unauffällig an der Wand befestigt war.

»Ich lasse Sie in einen Raum bringen, wo Sie sich aufhalten können, während Sie auf Michael warten. Dort können Sie sich erst einmal frisch machen und Henderson wird Ihnen Tee servieren.«

Einen Augenblick später erschien Henderson und erkundigte sich nach ihren Wünschen.

»Bitte bringen Sie Mr und Mrs Tomlinson ins *Appartement*«, sagte sie betont und Henderson verstand.

Das *Appartement* war das einzige Gästezimmer auf Cardington Manor, das sich im Erdgeschoss und in unmittelbarer Nähe der Eingangstür befand. Es war nicht zu vergleichen mit dem *Boudoir* oder den anderen üppig ausgestatteten Räumen, die darauf abgestellt waren, die Gäste des Hauses zu verwöhnen.

Das *Appartement* war eher ein Fremdenzimmer.

Es diente Besuchern, die man aus Höflichkeit übernachten lassen musste, obwohl sie nicht unbedingt die Freundschaft oder das Vertrauen der Gastgeber genossen. Auf kostbare Familienerbstücke und andere Wertgegenstände hatte man deshalb bei der Ausstattung verzichtet.

Charles' Vater hatte es damals eingerichtet. Er hatte in einer Saison einmal so viele Fremdarbeiter einstellen müssen, dass der Platz im Gesindehaus nicht ausreichend gewesen war.

In der heutigen Zeit war das *Appartement* außerdem dafür da, um die Verwandten und Freunde der Bediensteten kostenlos beherbergen zu können. Das war äußerst praktisch, denn es hielt die Wege für alle Beteiligten kurz. So sparte man kostbare Zeit für gemeinsame Unternehmungen, wenn Bekannte zu Besuch kamen.

Die kleine Wohnung war solide und zweckmäßig eingerichtet. Sie hatte ein eigenes Badezimmer, eine Teeküche und einen Fernseher.

»Bitte folgen Sie mir!«, sagte Henderson und ging voraus.

Muriel setzte erneut ihre überhebliche Miene auf, als wollte sie damit ausdrücken: *Na bitte, geht doch! Endlich werden wir hier standesgemäß behandelt!*

Dann rempelte sie Hutch an, der noch immer dastand, völlig versunken in eines der Gemälde, und nichts mitbekommen hatte. Er brummelte etwas Undeutliches, das so ähnlich klang wie: »Aber ich bin doch ganz frisch!«

Er trottete hinterher, gefolgt von Samanthas entsetztem Blick.

»Sobald Michael nach Hause kommt, werden Sie unterrichtet«, sagte sie noch, bevor sie sich zum Gehen umwandte.

Seit Minuten spürte sie bereits ein heftiges Ziehen in ihren Brüsten und wusste, dass es höchste Zeit war, sich um ihren kleinen Schatz zu kümmern.

7

Als Samantha das Kinderzimmer betrat, war Colin bereits aufgewacht. Er warf sein Köpfchen hin und her auf der Suche nach der Milchquelle und hechelte.

Samantha nahm ihn aus der Wiege und stellte fest, dass sie ihn dringend wickeln musste.

Nach dem Wechsel der Windel ging sie mit dem Kleinen hinüber in ihr Schlafzimmer und legte sich mit ihm zusammen auf das quadratische Ehebett. Während Samantha ihre Bluse aufknöpfte, saugte Colin schon an seinen winzigen Fäusten, als wäre er dem Hungertod nah.

Dann endlich kam die Erlösung für Mutter und Kind.

Samantha wachte auf und erschrak. Es war bereits dämmerig. Colin lag in ihrem Arm und schlief.

Langsam stieg die Erinnerung in ihr auf.

Es war ein Wunder, dass sie überhaupt eingenickt war, bei all der Aufregung um diesen ominösen Besuch.

Sie drückte ihrem Söhnchen einen sanften Kuss auf seinen zartbeflaumten Kopf und inhalierte dabei den sphärischen Babygeruch. Wie er duftete, ihr Kleiner! Und was für ein Geschenk er war!

Auf keinen Fall wollte sie ihn mit diesen Leuten zusammenbringen, solange die Angelegenheit nicht geklärt war.

Bevor sie aufstand, klopfte sie noch ihre und Michaels Bettdecken etwas erhöht auf und positionierte sie hinter Colin, damit er nicht aus dem Bett fallen konnte. Dann ging sie leise nach nebenan ins Badezimmer, um sich frisch zu machen.

Die Küche und sämtliche Wirtschaftsräume auf Cardington Manor befanden sich im Souterrain. Eigentlich war es das Erdgeschoss, doch es wurde *Souterrain* genannt, weil sich die Wohnräume der Eigentümer im Hochparterre oder in den höheren Etagen befanden.

Als Samantha die geräumige Küche betrat, war die Köchin Rose gerade dabei, Gemüse für das Abendessen zu putzen.

Im Nebenraum, am großen Esstisch für das Personal, saß Roberta und trank Tee. Als sie Samantha kommen sah, stand sie auf und holte eine weitere Tasse.

»Geht's dir gut, meine Liebe? Du möchtest doch Tee?«

»Ja, sehr gerne! Danke!«

Samantha setzte sich und legte das kleine, weiße Kästchen vor sich auf den Tisch.

Roberta goss Tee ein und lächelte.

»Na? Schläft unser kleiner Engel?«

Statt einer Antwort drehte Samantha am Knopf und sie lauschten gemeinsam Colins gleichmäßigen Atemzügen durch das Babyfon.

»Du wirkst aber irgendwie bedrückt, meine Liebe«, sagte Roberta mit einem Tonfall, der Samantha Tränen in die Augen trieb.

»Ist wirklich alles in Ordnung?«

»Das kann ich dir erst beantworten, wenn Michael wieder da ist. Im Augenblick kann ich ihn nicht mal erreichen. Seit gestern Abend! Und er meldet sich auch nicht.«

»Oh, nein! Hat er sein Telefon wieder irgendwo verbummelt?«

»Ich weiß es nicht. Dabei müsste ich ihn so dringend sprechen.«

»Aber wieso? Was ist denn passiert?«

»Seine Eltern sind da.«

»Wie bitte? Seine Eltern? Ich dachte, er hätte keine mehr! Hat er nicht mal erzählt, seine Eltern wären gestorben, als er noch ziemlich jung war? So mit 18 oder 20?«

»Ja, das dachte ich auch. Doch jetzt sind sie hier, und zwar ziemlich lebendig.«

Samantha wischte sich die Tränen ab und putzte sich die Nase.

»Was heißt, *sie sind hier*?«

»Na, hier! Auf Cardington Manor. Ich habe sie im *Appartement* unterbringen lassen.«

»Da bin ich jetzt aber sprachlos.«

Robertas Lächeln war verschwunden.

»Nicht nur du!«

»Aber wie kann denn das sein?«

»Ich weiß es nicht ... Ich stehe ebenso vor einem Rätsel.«

»Und warum sagt Michael, seine Eltern wären gestorben, wenn sie noch leben?«

»Glaub mir, das habe ich mich schon ungefähr hundert Mal gefragt seit diesem vermaledeiten Anruf.«

»Ja ... Und was sind das für Leute? Und warum haben die sich jahrzehntelang nicht bei Michael gemeldet?«

»Was das für Leute sind ... Am besten, du machst dir bei Gelegenheit selbst ein Bild davon. Sie werden wohl nicht ewig im *Appartement* unter Verschluss bleiben. Und warum sie gerade jetzt auftauchen, nach so langer Zeit – ich habe keine Ahnung! Aber darum muss Michael sich nun kümmern. Das ist nicht meine Aufgabe.«

»Woher wussten die denn überhaupt, dass Michael hier lebt?«

»Wahrscheinlich aus der Zeitung. Das stand ja alles drin.« Samantha nahm einen Schluck aus ihrer Tasse.

»Ach, ja. Und wie sind sie hierher gekommen?«

»Sie haben heute Mittag hier angerufen und mehr oder weniger erzwungen, dass ich sie abholen lasse. Mir blieb dann nichts anderes übrig, als Henderson zu schicken.«

»Bitte verzeih, dass ich dich so ausfrage, aber diese

Sache schockiert mich richtig.«

»Mich auch, das kannst du mir glauben. Und ich fühle mich mit dieser Situation völlig überfordert. Eigentlich möchte ich mich nur in Ruhe um unseren Sohn kümmern und die Zeit mit ihm genießen. Und jetzt stehe ich mit dem Rücken zur Wand. In meinem eigenen Zuhause! Weil hier plötzlich Menschen wohnen, in deren Nähe ich mich nicht wohlfühle.«

»Das kann ich gut verstehen.« Roberta schenkte Tee nach.

»Die sind mir so fremd! Sie haben auch nicht die geringste Ähnlichkeit mit Michael!«

»Die ganze Sache ist wirklich unglaublich! Wie aus einem schlechten Film!«

Nach einer Weile fuhr Roberta fort: »Bist du sicher, dass das keine Betrüger sind?«

»Nein, sicher bin ich nicht, aber ich habe den Personalausweis der Frau gesehen. Sie heißt ebenfalls *Tomlinson* und stammt – wie Michael – aus York.«

»Hm ... Es könnte sich um eine Namensvetterin oder eine Verwandte handeln. So selten ist der Name nicht.«

»Auf jeden Fall möchte ich nicht, dass diese Leute in die Nähe des Kleinen kommen. Eigentlich sind sie seine Großeltern – also, wenn das stimmt, was sie sagen. Aber beim bloßen Gedanken daran wird mir schlecht. Ich möchte nicht einmal, dass sie ihn sehen.«

Roberta seufzte tief und schüttelte den Kopf.

Samantha fuhr fort: »Wenn ich nur wenigstens Michael sprechen könnte! Aber ausgerechnet jetzt ...«

»Wenn du möchtest, dann kümmere ich mich in dieser Zeit mehr um Colin. Ich meine, solange diese Leute im Haus sind. Im Kinderheim gibt es zwar auch gerade eine Menge zu tun wegen ein paar Adoptionen, aber den Papierkram kann ich genau so gut von hier aus erledigen.«

»Das wäre mir auf jeden Fall eine große Hilfe. Dann

8

Als Michael gegen 22 Uhr die Auffahrt entlangfuhr, konnte er kaum noch seine Augen offenhalten. Nach einem anstrengenden Tag hatte er sich ins Auto gesetzt und war die ganze Strecke von Hampshire aus durchgefahren.

Sein Telefon war tot und das Ladekabel befand sich zu Hause. Als er es bemerkt hatte, wollte er Samantha von einem öffentlichen Apparat aus anrufen. Doch dann sagte er sich, dass es besser wäre, keine Zeit zu verlieren und lieber gleich heimzufahren.

Er war froh, wieder auf Cardington Manor zu sein. In wenigen Augenblicken würde er seine Samantha im Arm halten. Sie würden sich gemeinsam ins Kinderzimmer schleichen und er würde seinen kleinen, schlafenden Sohn küssen. Was für ein glücklicher Mann er doch war!

Im Kaminzimmer brannte noch Licht und die Tür stand offen. Michael ging hinein und fand Samantha schlafend auf der grünen Chaiselongue liegen. Die Leselampe leuchtete auf ihren Schoß, auf dem ein aufgeklapptes Buch lag.

Michael kniete sich hin und wollte ihr gerade einen Kuss geben. Da schlug Samantha die Augen auf.

»Michael! Endlich!« Sie schlang die Arme um ihn und sie küssten sich sehnsüchtig.

»Na, wie ist es dir ergangen, mein Liebling? Oder vielmehr euch!«

Samantha schnaubte und schüttelte den Kopf.

»Abgesehen von der Tatsache, dass ich dich seit Tagen

nicht erreichen kann?«

»Oh je! Ich ahne es ... Es stimmt also doch, dass halb Hampshire ein einziges Funkloch sein soll. Und ich war schon beruhigt, weil wir doch vereinbart hatten, dass du dich meldest, falls etwas Dringendes ist. Ich habe keine einzige Nachricht von dir bekommen. Und seit heute Morgen ist auch noch mein Akku leer und das Ladekabel ...«

»... liegt im Büro, ich weiß!«

»Mein armer Schatz! Ist denn etwas passiert? Geht es euch gut?«

»Ja, es geht uns so weit gut. Und ja, es ist etwas passiert – Michael, deine Eltern sind da!«

Michael fühlte sich wie vom Schlag getroffen.

Er starrte sie nur aus großen Augen ungläubig an.

»Meine was?«

»Du hast richtig gehört: deine Eltern!«

»Aber die sind tot! Was soll das heißen, *sie sind da*? Sie sind vor mehr als fünfzehn Jahren gestorben!«

Michael lachte ironisch und schüttelte den Kopf.

»Michael, ich weiß nicht, wer damals gestorben ist, aber im Augenblick befinden sich zwei Menschen, die sich als deine Eltern ausgeben, im *Appartement* – und das ziemlich lebendig.«

Samantha setzte sich auf.

Michael musterte sie ungläubig.

»Was hat denn das zu bedeuten? Kannst du mir das bitte mal erklären?«

»Ich? Ich soll dir das erklären? Darum wollte ich eigentlich gerade dich bitten!«

»Du, ich stehe im Moment völlig neben mir! Ich kapiere gar nichts!«

»Erklären kann ich es noch weniger als du, aber ich kann dir erzählen, wie es dazu gekommen ist. Also, heute Mittag rief hier eine Mrs Tomlinson an und verlangte sehr energisch, ihren Sohn zu sprechen. Als ich ihr versichert habe, dass es sich um einen Irrtum handeln muss, sagte sie mir dein Alter, deinen Beruf und dein Geburtsdatum. Sie und dein Vater würden am Bahnhof von Rye stehen und wollten umgehend abgeholt werden.«

»Was?« Michael war blass geworden. »Das kann doch gar nicht sein!«

»Das dachte ich auch. Als Erstes habe ich natürlich versucht, dich anzurufen, aber du warst leider nicht erreichbar. Dann habe ich Henderson gebeten, dort hinzufahren und diese Leute zu holen. Was hätte ich auch sonst tun sollen?«

Michael starrte vor sich hin und sprach kein Wort.

Samantha nahm ihn an den Schultern und sah ihn beschwörend an.

»Michael, wer sind diese Leute und was haben sie mit dir zu tun?«

Michael rang um die richtigen Worte. Es fiel ihm sichtlich schwer, darüber zu sprechen: »Also, wenn es die ... ich meine, falls es meine Eltern ...«

Doch Samantha ließ nicht locker.

»Michael, raus damit! Was ist mit deinen Eltern?«

Als wollte er Zeit gewinnen, stand Michael auf und ging hinüber zu der Sitzgruppe vor dem Kamin. Er zog einen der schwarzen Clubsessel in die Richtung der Chaiselongue und ließ sich wie ein Sandsack hineinfallen. Dann bedeckte er sein müdes Gesicht mit den Händen und seufzte tief.

Nach einer Weile sagte er: »Die Menschen, bei denen ich aufgewachsen bin und die ich immer meine Eltern genannt habe, sind eigentlich meine Großeltern gewesen. Ich bin zu ihnen gekommen, als ich ungefähr acht Jahre alt war. Es hat damals geheißen, meine Eltern wären auf und davon. Später habe ich aber erfahren, dass das Jugendamt ihnen das Sorgerecht entzogen und mich bei meinen Großeltern abgeliefert hatte. Die haben mich dann adoptiert und wir haben nie wieder ein Wort darüber verloren.«

»Oh, Michael! Was für eine Geschichte!«

»Meine Eltern – also eigentlich meine Großeltern – haben sich, glaube ich, damals sehr geschämt für ihre Tochter, also für meine Mutter. Sie haben sich deshalb sehr darum bemüht, dass es mir an nichts gemangelt hat. Und sie haben mich nie spüren lassen, dass ich nicht ihr richtiger Sohn war ... Sie waren wunderbare Menschen ... Ich habe sie sehr geliebt.«

»Darüber haben wir noch nie vorher gesprochen! Weißt du das?«

»Na, ja, jetzt schon. Aber es gab eben immer andere Dinge in der Gegenwart, die wichtiger waren und eben anstanden. Die Vergangenheit war vorbei und meine Eltern waren schon so lange tot ... Ich meine, meine Großeltern. An meine richtigen Eltern hatte ich schon lange nicht mehr gedacht.«

»Erlaube mir bitte noch die Frage, warum man dich ihnen weggenommen hat, damals. Warum hat man ihnen das Sorgerecht für dich entzogen?«

»Sie hatten mich wohl vernachlässigt ... Wie gesagt, es wurde nie wieder darüber gesprochen.«

Nach einer kleinen Weile sagte Samantha: »Muriel und Hutch – kaum zu glauben, dass du mit ihnen verwandt bist!«

»Na, ja ... Das stimmt auch nur teilweise. Muriel ist zwar meine leibliche Mutter. Aber ich war ein uneheliches Kind. Mit Hutch ist sie zusammengekommen, als ich noch sehr klein war. Wahnsinn, dass die noch immer ein Paar sind!«

»Die sind schon ein komisches Gespann!« Samantha lachte. »Er steht offenbar total unterm Pantoffel.«

»Wie bitte? Bist du sicher, dass wir von denselben

Menschen sprechen?«

»Mach dir am besten selbst ein Bild! Du wirst bereits sehnsüchtig erwartet.«

»Liebes, das packe ich heute nicht mehr. Ich muss das Ganze erst einmal verdauen. Ich kenne diese Leute doch eigentlich gar nicht mehr. Ich habe sie seit dreißig Jahren nicht gesehen ...«

»Ich kann dir das nachfühlen ... Das ist eine so unglaubliche Situation! Da bist du wirklich nicht zu beneiden.«

»Tut mir leid, dass du damit ganz alleine warst, Sammy, aber wer kann so etwas schon ahnen?«

»Wenigstens stand mir die gute Roberta zur Seite. Und Henderson ist ja auch noch da. Roberta hat sich die ganze Zeit oben um Colin gekümmert, damit er nicht schreit und diese Leute ihn hören. Ich weiß nicht, ob du verstehen kannst, dass ich nicht wollte, dass sie ihn sehen. Auch wenn sie vielleicht deine Eltern sind.«

»Klar verstehe ich das! Ich möchte sie vorher auch gründlich unter die Lupe nehmen. Aber nicht mehr heute! Sie hatten dreißig Jahre lang offenbar keine Sehnsucht nach mir, da wird es auf eine weitere Nacht auch nicht ankommen.«

»Da hast du recht, aber ein unangenehmes Gefühl ist es schon, sie im Haus zu wissen.«

»Das wären sie so oder so. Aber das eine *so* ist mir lieber, dann kann ich mich auf die Konfrontation innerlich vorbereiten.«

»Oh, Michael, das ist alles so unglaublich! Wie in einem Film und wir sind mittendrin.«

Samantha stand von der Chaiselongue auf und faltete die Decke zusammen. Michael erhob sich ebenfalls und legte seine Arme zärtlich um sie.

»Ich bringe die Angelegenheit morgen früh in Ordnung, das verspreche ich dir, Liebling. Damit hier wieder

Ruhe und Frieden einkehren.«

Gemeinsam gingen sie hinaus ins Foyer.

Samantha blieb stehen und bewegte ihren Kopf in Richtung des *Appartements*.

Eigenartig schrille Geräusche und künstliches Gelächter drangen von dort heraus und brachen sich an den Wänden der Halle.

»Das ist der Fernseher«, flüsterte sie. »Der läuft schon, seit sie eingezogen sind. Das ist wohl ihre Art, sich zu beschäftigen.«

»Oh, mein Gott! Da steht mir ja noch was bevor!«

9

Am nächsten Morgen wurde Michael von lauten Stimmen geweckt. Direkt vor der Schlafzimmertür fand unüberhörbar ein vehementes Streitgespräch statt. Als Michael sich an die Neuigkeiten des Vorabends erinnerte, war er schlagartig hellwach. Gleichzeitig wurde ihm flau im Magen. Dieser Lärm vor der Tür musste mit diesen Leuten zusammenhängen, die sich seine Eltern nannten. Und das, obwohl sie ihn damals so schlecht behandelt hatten, dass das Jugendamt hatte einschreiten müssen.

Er gab seiner schlafenden Frau einen zarten Kuss und stand auf. Dann zog er sich seinen Hausmantel über und ging zur Tür. Nach kurzem Zögern öffnete er sie und trat hinaus auf den Korridor.

Er wurde gerade Zeuge, wie Henderson aufgeregt auf Muriel und Hutch Tomlinson einredete: »Aber hören Sie doch! Sie können hier oben nicht bleiben! Hier schlafen die Herrschaften. Und Gäste haben hier oben keinen Zutritt! Bitte verstehen Sie doch! Sie wecken sonst noch das ganze Haus auf.«

»Und wenn schon! Wir wollen jetzt zu unserem Sohn gebracht werden! Wir haben schließlich lange genug gewartet!«, keifte Muriel den schon völlig aufgelösten Butler an.

Nun machte sich Michael bemerkbar: »Was ist hier los? Was soll das Geschrei um diese Zeit?«

»Ich bin untröstlich, Mr Tomlinson, aber diese ...«, wollte Henderson antworten.

»Michael! Mein Junge!«, triumphierte Muriel mit einem Seitenblick auf den Bediensteten. Immerhin hatte sie mit ihrem Gezeter erreicht, was sie wollte.

Der Butler machte daraufhin Anstalten, sich zurückzuziehen.

»Bitte bleiben Sie, Henderson! Ich werde Sie in Kürze ohnehin brauchen.«

Muriel ging auf ihren Sohn zu und wollte sein Gesicht tätscheln, aber Michael wich ihr angewidert aus.

»Was soll das, Muriel? Hast du dich nach dreißig Jahren Amnesie plötzlich daran erinnert, dass du mal einen Sohn hattest? Oder welchem Umstand habe ich diese Heimsuchung zu verdanken?«

»Aber Michael! Begrüßt man so seine Mutter?«

»Ich würde sagen, das kommt ganz auf die Mutter an«, sagte Michael ungerührt. »Was wollt ihr hier, Muriel?«

»Muriel!« Sie äffte ihn schnaubend nach und schüttelte empört den Kopf. »Früher hast du mich immer *Mom* genannt!«

»Das ist sehr lange her, wie du weißt, und ich war damals acht Jahre alt ... Also, was wollt ihr?«

»Na, dich sehen! Wir wollten wissen, wie es dir geht. Wir sind doch deine Eltern! Schon vergessen?«

Michael lachte bitter auf. Er fühlte sich wie in einem sehr schlechten Film.

»Und das fällt euch nach dreißig Jahren ein?«

»Besser spät als nie!«, meldete sich nun auch Hutch zu Wort.

»Sagt mal, seid ihr verrückt oder so? Vielleicht aus einer Anstalt entflohen? Ihr kommt hierher und macht einen auf Familie! Dabei hättet ihr mich sicher nicht einmal auf der Straße erkannt, wenn mein Bild nicht ständig in der Zeitung wäre!«

Da erschien Samantha verschlafen in der Tür. Sie trug einen seidenen Morgenmantel in Lavendelblau, den sie gerade zuband, als sie auf den Gang trat.

»Guten Morgen, Patricia!«, sagte Hutch grinsend und entblößte sein abstoßendes Gebiss, worauf er sich einen Rempler von Muriel einfing.

»Wie Sie langsam wissen dürften, ist mein Name Samantha – wieso nennen Sie mich eigentlich immer Patricia?« Sie schüttelte den Kopf.

»Na, die Hauswirtin von Michaels alter Wohnung in London hat uns von einer hübschen Dunkelhaarigen erzählt, die dort jahrelang ein- und ausging. Und die hieß wohl Patricia und ...«, wollte Muriel aufklären.

»Auch das ist lange her«, sagte Michael.

»Wie dem auch sei – was tun Sie hier oben in unserem Privatbereich? Obwohl ich Sie nicht kenne und noch niemals zuvor von Ihnen gehört hatte, habe ich Ihnen gestern großzügigerweise Räumlichkeiten zur Verfügung gestellt! Dort sollten Sie sich aufhalten, bis Michael zu Ihnen kommt.«

»Er ist aber nicht gekommen – obwohl er offenbar längst zu Hause ist!«

Plötzlich unterbrach heftiges Babygeschrei die Auseinandersetzung. Colin brüllte vor Hunger nach Leibeskräften und ließ die Anwesenden kurz verstummen.

Ein Ausdruck von freudiger Überraschung zeigte sich auf Muriels mageren Zügen.

»Aber ... Aber ... ihr habt ja ein Baby! Davon wussten wir ja gar nichts! Hutch, wir sind Großeltern! Was sagst du dazu?«, rief sie mit dem Anflug eines milden Lächelns.

Samantha stürzte ins Schlafzimmer zurück und ärgerte sich über sich selbst.

Genau das habe ich vermeiden wollen!

Doch sie hatte sich hinreißen lassen, Michael beizustehen, als sie ebenfalls von dem aufgeregten Stimmengewirr wach geworden war.

»Wir wollen sofort unseren Enkel sehen!«

Das war das Letzte, das Samantha von diesem unschönen Wortwechsel noch mitbekam, bevor sie mit dem Baby durch eine Verbindungstür ins Kinderzimmer trat. Dort zog sie die Spieluhr auf, die eine fröhliche Melodie von sich gab, und blendete so die unangenehmen Geräusche aus.

»Wir bestehen darauf! Er ist unser Fleisch und Blut!«

»Muriel, deine Theatralik ist völlig fehl am Platz. Ihr habt hier auf gar nichts zu bestehen. Die Tatsache, dass ich ein Kind habe, macht euch noch lange nicht zu Großeltern.«

»Willst du etwa abstreiten, dass ich deine Mutter bin?«, fragte Muriel und ihre Stimme überschlug sich beinahe.

»Genetisch gesehen bist du es zweifellos. Aber nicht im eigentlichen Sinn. Und jetzt fordere ich euch auf, wieder hinunterzugehen in die Zimmer, die Samantha euch zugewiesen hat, und zu warten, bis ich zu euch komme!«

»Aber ... Aber ...«

»Henderson, wären Sie bitte so freundlich und begleiten Mr und Mrs Tomlinson zurück ins *Appartement*?«

Der Butler, der während dieser peinlichen Auseinandersetzung nicht recht gewusst hatte, wie er sich verhalten sollte, war erleichtert über diesen Auftrag.

»Folgen Sie mir bitte!«, sagte er nicht ohne ein Gefühl von Triumph und trat den Weg zur großen Freitreppe an.

Muriel und Hutch Tomlinson gehorchten ihm widerwillig, nachdem Michael sich ins Schlafzimmer zurückgezogen und die Tür von innen hörbar verschlossen hatte.

Michael ging ins Badezimmer um zu duschen. Die Gedanken rasten in seinem Kopf hin und her. Er wollte sich jetzt nur noch für den Tag fertigmachen und danach dieses unleidige Anliegen hinter sich bringen.

Nach einer Weile verließ er das Ankleidezimmer und besprach sich kurz mit Samantha. Dann wies er über das

Haustelefon an, dass Henderson Roberta verständigte, damit sie bei dem Kleinen bleiben sollte, weil Samantha einen Arzttermin hatte.

»Und bringen Sie meiner Frau das Frühstück heute bitte ausnahmsweise aufs Zimmer. Ich möchte nicht, dass sie in dieser unerfreulichen Angelegenheit mehr behelligt wird als nötig.«

»Ich verstehe, Mr Tomlinson. Ich werde alles veranlassen.«

10

Kurz darauf stand Michael vor dem *Appartement*. Wie schon am Vorabend drangen unverkennbar die künstlichen Geräusche eines Fernsehapparats heraus. Und es roch unangenehm nach Zigarettenrauch, der sich seinen Weg durch die Ritzen der Tür gebahnt hatte.

Michael klopfte an, doch niemand schien ihn zu hören.

»Kein Wunder bei dem Lärm«, brummte er und ging ohne weiter abzuwarten hinein.

Das Szenario im *Appartement* stieß ihn bereits beim Betreten ab: Hutch stand im Unterhemd am offenen Küchenfenster und rauchte, während Muriel im Wohnraum auf dem hübsch geblümten Sofa saß und in einen Fernseher starrte. Eine Quiz-Sendung dröhnte aus dem Apparat, immer wieder durchsetzt mit kreischendem Gelächter, das von nirgendwo herzukommen schien. Vor Muriel, auf einem niedrigen Glastisch, lagen Essensreste auf edlem Geschirr. Offenbar hatte Henderson vor Kurzem das Frühstück serviert. Dieses war jedoch nicht, wie üblich, in der Küche eingenommen worden, sondern im Wohnzimmer.

Keiner der beiden schien Michaels Anwesenheit zu bemerken. Er blieb nur stehen und ließ die Atmosphäre des Augenblicks auf sich wirken.

Wie es ihn anwiderte! Er wusste zwar, dass Muriel seine leibliche Mutter war, doch er fühlte sich mit ihr nicht mal in kleinsten Ansätzen verwandt. Und schon gar nicht mit Hutch!

Auch hatte er sich nichts vorzuwerfen. Er verdrängte weder seine Vergangenheit, noch vernachlässigte er seine

Eltern. Schließlich hatten sie ihn damals im Stich gelassen. Niemand konnte ahnen, dass sie jemals wieder in sein Leben zurückkehren würden.

Für einen kurzen Moment verspürte Michael eine ähnliche Beklommenheit wie damals als Achtjähriger: das Ausgeliefertsein zwischen der Angst vor dem aggressiven Stiefvater und dem Verrat der Mutter, die vor dessen Gewalttätigkeit stets die Augen verschlossen hatte.

Einen Augenblick lang kam Michael seine kindliche Ohnmacht, seine Schutzlosigkeit aus jener Zeit in den Sinn. Aber er erinnerte sich auch an ein Gefühl der Erleichterung: just zu dem Zeitpunkt, als eine wohlmeinende Dame vom Jugendamt ihn zu seinen Großeltern gebracht und ihm versprochen hatte, er sei von nun an in Sicherheit.

Dieser längst vergessene Teil seiner Vergangenheit war nun zurückgekehrt und drängte sich in sein Bewusstsein und seinen Alltag. Und Michael musste sie ihm gewähren, ob er es wollte oder nicht.

Michael schritt durch den Raum und schaltete den Fernseher aus.

»Da bist du ja endlich, mein Junge!«

»Schon seit einer ganzen Weile – und nenne mich bitte nicht *mein Junge*. Ich bin inzwischen 38 Jahre alt.«

»Wir hatten wenigstens erwartet, dass du zu uns kommst, sobald du erfährst, dass wir hier sind.«

»Muriel, vielleicht kannst du es dir nicht vorstellen, aber mein Verlangen, euch wiederzusehen, nach allem, was vorgefallen war, ist ... sagen wir ... sehr spärlich ausgeprägt. Man könnte auch sagen: nicht vorhanden.«

»Das merkt man! Du lässt uns hier stundenlang schmoren ...«

»Ja, ihr habt hier bestimmt furchtbar leiden müssen! Ich würde eher sagen, dass es euch in eurem ganzen elenden Leben noch nie so gut ergangen ist wie gerade hier in diesem Haus!«

»Wie kommst du denn darauf? Es ging uns immer blendend.«

»Ja! Genau so seht ihr auch aus. So, und nun möchte ich endlich wissen, warum ihr hier seid! Warum überhaupt und warum ausgerechnet jetzt!«

»Wir wollten dich eben wiedersehen und wissen, wie es dir geht und ...«, druckste Muriel herum.

»Mir kommen gleich die Tränen! Muriel, für wie blöd hältst du mich eigentlich? Ich bin nicht mehr acht und falle auf deine Lügen herein!«

»Aber das ist die Wahrheit!«

»Gut. Und warum gerade jetzt?«

»Ja ... warum nicht jetzt?« Muriel schielte hilfesuchend zu Hutch hinüber, der ihr jedoch keine Hilfe war.

Michael ließ nicht locker.

»Aber es muss doch einen Grund geben, warum ihr ausgerechnet gestern ausgerechnet am Bahnhof von Rye gestanden seid und ausgerechnet die Nummer von Cardington Manor gewählt habt.«

Da er darauf keine Antwort erhielt, fuhr er fort: »Wo wohnt ihr denn zurzeit?«

»Na, hier!«, rief Hutch wie aus der Pistole geschossen.

»Nein, ich meinte, wo ist euer Haus? Ihr müsst doch irgendwo wohnen!«

»In Jaywick ... das ist ...«

»Ich weiß, wo das ist. Und warum seid ihr gerade nicht in eurem Haus in Jaywick?«

»Weil es derzeit renoviert wird«, sagte Muriel mit ihrem typischen Ausdruck von Überlegenheit.

»Ach! Und auf der Suche nach einer Unterkunft habt ihr euch dann schlagartig daran erinnert, dass ihr früher mal einen Sohn hattet.«

»Aber nein, so war das nicht ...« Muriel suchte nach einem Ausweg. »Wir wollten uns schon länger mal bei dir melden.«

»So, so.«

»Ja, und dann kam die Sache mit dem Haus und ich dachte, das wäre doch eine gute Gelegenheit ...«

»Dachtest du! Und dann seid ihr spontan nach Rye gefahren oder wie?«

»Nein, zuerst waren wir ja in London. Und da sagte uns deine Hauswirtin, dass du nur noch selten dort wärst und zeigte uns einen Zeitungsartikel, in dem stand, dass du nun in diesem Schloss hier wohnst.«

»Ihr wart bei meiner Londoner Wohnung? Woher hattet ihr denn überhaupt diese Adresse?«

»Die hat uns jemand in Jaywick besorgt«, sagte Hutch.

Michael dachte einen Moment lang nach.

»Wenn ich mir das jetzt richtig zusammenreime, erwartet ihr, dass ihr hierbleiben könnt, bis euer Haus renoviert ist?«

Muriel und Hutch sahen sich nur betreten an.

»Jetzt lasst euch doch nicht alles aus der Nase ziehen!«

»Ja, das erwarten wir«, sagte Muriel. »Immerhin sind wir deine Eltern.«

»Nein, Muriel! Das seid ihr nicht. Meine Eltern sind schon lange tot. Sie sind gestorben, da war ich 18, beziehungsweise 21 Jahre alt. Ich habe euch übrigens vermisst damals bei der Beerdigung. Immerhin waren sie auch deine Eltern, Muriel.«

»Ja, weißt du, York ist eben sehr weit entfernt von Jaywick und ...«

»Wir hatten kein Geld für die Fahrt«, ergänzte Hutch und Muriel bedachte ihn sofort mit einem strengen Blick.

»Ach, so ist das!«, sagte Michael und nickte grinsend.

»Könnte es sein, dass ich diesem Umstand auch die Freude eures Besuchs verdanke?«

Beide sahen ihn nur verwirrt an, weil sie ihn nicht verstanden hatten. Daraufhin vereinfachte er seine Worte:

»Seid ihr etwa nur deshalb hier, weil euer Haus gerade renoviert wird und ihr keine andere Unterkunft bezahlen könnt?«

Muriel und Hutch blickten verlegen auf den Boden, was Michael als Bestätigung seiner Frage deutete.

»So blendend geht es euch also! Ich muss schon sagen ... also, ihr habt Nerven!«

Er wandte sich zur Tür.

Muriel stand vom Sofa auf und sagte: »Was hätten wir denn sonst tun sollen? Wir sollten darüber reden, Michael!«

»Darüber möchte ich jetzt erst einmal mit meiner Frau sprechen«, sagte er, bevor er das *Appartement* verließ.

11

Michael fand Samantha im Schlafzimmer. Er hatte richtig vermutet, dass sie nach der morgendlichen Versorgung des Babys noch immer hier oben sein würde. Das Frühstückstablett, das er für Samantha bestellt hatte, stand noch unberührt auf dem kleinen Esstisch im Nebenraum.

Samantha war gerade aus der Dusche gekommen und spähte kurz durch die Verbindungstür ins Kinderzimmer hinein, in dem Colin bereits wieder schlief. Als sie Michael bemerkte, ging sie zu ihm hin und schmiegte ihren noch feuchten Kopf eine Weile an seine Brust.

Er musste jetzt nichts sagen. Sie wusste auch so, wie er sich gerade fühlte und dass diese Situation alles andere als erfreulich für ihn war.

»Du hast ja noch gar nichts gefrühstückt«, sagte er und schloss sie in seine Arme.

»Macht nichts! Das hier ist jetzt viel wichtiger.«

»Aber dein Tee wird doch kalt.«

»Ist er bestimmt schon.«

»Wann hast du denn deinen Arzttermin?«

»Erst um elf.«

»Weißt du, woran ich gerade denken muss?«, fragte er mit einem Lächeln. »Daran, als ich letzten Sommer bei dir eingebrochen bin, um dich vor bösen Einbrechern zu retten.«

Sie lachten nun beide.

»Damals hattest du das Gleiche an. Diese Frottiertücher stehen dir einfach zu gut!«

Michael lockerte das Badetuch, das sie um ihren nassen Körper geschlungen hatte, und begann, sie zärtlich abzutrocknen, was Samantha sehr genoss.

»Mein Gott tut das gut!«, sagte sie mit einem Seufzer und dirigierte ihren Mann zum quadratischen Ehebett mitten im Raum. Sie legte sich darauf und zog Michael neben sich.

»Obwohl der Kleine noch so leicht ist, spürt man jeden Muskel am Körper, den man benötigt, um ihn zu tragen.«

Michael begann, sie zu massieren und sie schnurrte wie eine Katze: »Bitte nie wieder aufhören! Lass uns im Augenblick nicht von deinen Eltern sprechen, ja? Einfach nur unser Nest genießen! Ja, das ist gut, etwas weiter rechts bitte!«

Mit *Nest* meinte Samantha die Wohnung, die sie in einer bestehenden Zimmerflucht hatten einrichten lassen.

Direkt neben Colins Reich befand sich ein geräumiges Ankleidezimmer. Aus diesem Raum war ein überdimensionaler begehbarer Kleiderschrank geworden mit einer bequemen Ottomane in der Mitte. Zwischen zwei Fenstern hing ein bodenlanger Spiegel, der von einem wuchtigen, vergoldeten Rahmen gehalten wurde.

Gleich daneben schloss sich das Badezimmer an.

Samantha hatte sich damals bei der ersten Besichtigung sofort in die aquamarinblauen Art-déco-Kacheln verliebt, weil die sie an die Farbe von Meerwasser erinnerten. Die rund einhundert Jahre alten Waschbecken mit den Drehwasserhähnen, auf denen noch *chaud* und *froid* stand, hatten es ihr ebenfalls angetan.

Diese Ausstattung war ein Zugeständnis an Charles' Großmutter, die ihre Vorliebe für Frankreich und französische Kunst auf Cardington Manor ausgelebt hatte. So war seinerzeit auch das *Boudoir* entstanden, ein komplett in Dunkelrot gehaltenes Gästezimmer im Stil eines Loire-Schlosses.

Wenn es auch nicht der Tradition ihrer eigenen Familien entsprach, so schätzten Samantha und Michael diese alten Werte sehr. Alles blieb weitgehend erhalten, wenn auch mit hochmodernem Standard kombiniert.

Neben dem Bad lag das Schlafzimmer von Samantha und Michael. Die Wände waren mit einem nachtblau changierenden Seidenstoff bespannt, der – wie die Vorhänge – abends und in der Dämmerung kostbar schimmerte. Diese dunkle Wandfarbe bildete einen reizvollen Kontrast zu den weißlackierten Türen und Fensterrahmen. Die geheimnisvolle Note dieser Farbkombination wurde in der Bettwäsche fortgesetzt.

Das junge Ehepaar Tomlinson lag in diesem Moment auf einem Gewirr von Decken und Kissen, bezogen mit kühlem Batist in Blau und Weiß. Sie genossen die gemeinsame Zeit der Stille.

Samantha hielt auf einmal inne. Obwohl Michael sie weiter – wie die ganze Zeit vorher – massierte, spürte sie nun deutlich, dass etwas nicht in Ordnung war.

Besser gesagt: ganz und gar nicht in Ordnung war.

Sie stützte sich auf die Unterarme, dankte ihm mit einem Kuss und sagte: »Los! Erzähl schon! Was war los da unten?«

Ein Stoßseufzer von Michael bestätigte ihr, dass sie richtig gelegen hatte mit ihrer Ahnung.

»Man glaubt es nicht!«, begann er.

»Du machst dir keine Vorstellung, aus welchem Grund sie nach dreißig Jahren wieder den Kontakt zu mir gesucht haben! Nicht etwa, weil sie wissen wollten, wie es mir geht – oder vielleicht etwas wiedergutmachen wollten. Nein, weit gefehlt!«

»Da bin ich jetzt aber gespannt.«

»Weil sie finanziell gerade etwas schwach auf der Brust sind und eine Bleibe gesucht haben.«

»Wie bitte?« Samantha setzte sich erschrocken auf und starrte Michael an.

»Was, was soll das heißen, bitte? Denken die jetzt etwa für immer hierbleiben zu können?«

»Na, ja, ihr Haus wird wohl gerade renoviert und eine andere Unterkunft können sie sich für den Übergang nicht leisten.«

Samantha entspannte sich ein wenig, als sie sagte: »Ach so! Nur für den Übergang also, bis sie dort wieder einziehen können.«

»So habe ich sie verstanden.«

»Das ist dann wohl eine Frage von Tagen. Oder meinst du sogar von Wochen?«

»Keine Ahnung. Aber so lange sollte es eigentlich nicht dauern, bis ein kleines Haus hergerichtet ist. Also, ich gehe jetzt mal davon aus, dass es sich nicht um ein großes handelt.«

Nach einer Weile sagte Samantha: »Weißt du, mir ist das wirklich sehr unangenehm, dass sie hier sind, aber ich finde, wir können sie schlecht rauswerfen. Und wenn es nur für kurze Zeit ist ...«

»Mir ist auch ganz und gar nicht wohl dabei, das kannst du mir glauben. Vielleicht ist mir sogar noch unwohler als dir, weil ich die beiden schließlich erlebt habe als Kind.«

Er zog seine Frau an sich heran und küsste ihr Haar.

»Trotzdem habe ich gehofft, dass du das sagst, Liebes. Ich danke dir!«

Da setzte Samantha sich plötzlich auf und sagte: »Aber bitte unter einer Bedingung – und die muss ich stellen, sonst fühle ich mich als Gefangene in unserem Zuhause.«

»Ja, natürlich, Liebes!«

»Ich möchte, dass sie nicht noch einmal hier hochkommen. Diese obere Etage muss für sie tabu sein!«

»Selbstverständlich, Liebling! Das ist keinesfalls zu

viel verlangt.«

»Ich habe ihnen die kleine Wohnung unten zur Verfügung gestellt. Sie müssen sich nicht um ihr Essen kümmern, weil sie viermal am Tag etwas serviert bekommen. Und sie können meinetwegen in den Park hinausgehen. Aber das muss dann genügen! Kannst du ihnen das bitte klarmachen, Michael?«

»Das werde ich. Du hast völlig recht, dass wir unsere Privatsphäre schützen müssen.«

»Der Gedanke ist natürlich ungewohnt, aber es war bisher eben noch nicht nötig.«

»Das werde ich ihnen genau so sagen. Aber später. Ich brauche jetzt erst einmal Abstand. Vielleicht nachher, wenn ich von den Stallungen zurückkomme. Wenn dieser Termin dort nicht so wichtig wäre, hätte ich dich gerne zur Untersuchung begleitet, das weißt du.«

»Natürlich weiß ich das ... So! Jetzt habe ich aber richtig Hunger auf Frühstück!« Samantha stand auf und zog sich den lavendelblauen Morgenmantel an.

»Möchtest du auch Tee?«

»Gerne! Aber keinen kalten bitte, wenn's geht«, sagte Michael mit verzogenem Gesicht.

Sie griff lachend zum Telefon und bestellte eine große Kanne Darjeeling und eine weitere Tasse.

Michael hatte sich inzwischen ebenfalls erhoben und ging hinüber in das angrenzende Wohnzimmer. Dieser Raum hatte maisgelbe Wände und wirkte fröhlich und warm. Neben einem zierlichen Teetischchen aus Kirschholz und den dazu passenden Stühlen gab es noch ein dunkelgrünes Samtsofa und einen gemütlichen Ohrensessel. Daneben stand ein Bücherregal, das bis zur Zimmerdecke hinauf reichte. An der gegenüberliegenden Wand befand sich ein kleinerer Kamin.

Michael blieb einen Moment lang an der Verbindungstür stehen und ließ einen versonnenen Blick durch sämtliche Räume ihrer Suite gleiten.

»Ich liebe unsere kleine Wohnung hier oben, Sammy, unser Refugium!«

»Ja. Ich liebe es auch.«

»Weißt du, manchmal stelle ich mir vor, es wäre eine ganz normale Vierzimmerwohnung, in der wir leben. So wie andere junge Familien sie auch haben. Dann schaue ich aus dem Fenster, sehe Cardington Manor und mir stockt der Atem ... in solchen Momenten spüre ich ganz deutlich, dass ich der glücklichste Mann der Welt bin.«

Er zog Samantha in seine Arme und hielt sie fest an sich gedrückt. »Aber ohne unsere Liebe wäre das alles nichts wert.«

»Ich weiß. Man könnte auch sagen, niemand weiß das so gut wie ich. Schließlich habe ich in diesen erlauchten Mauern früher öfter geweint als gelacht.«

12

Samantha saß mit einer Zeitschrift in ihrem Lesesessel und wartete auf Roberta. Sie hatte einen Untersuchungstermin; Roberta sollte auf Colin achten, solange sie fort war. Doch ausgerechnet heute verspätete sich die alte Dame.

Samantha stand auf und nahm ihre Handtasche, die auf einem Sideboard stand. Zur Kontrolle zog sie kurz ein kleines Kuvert heraus und schob es mit einem Lächeln wieder hinein.

Als es nach einer Weile an der Tür klopfte, war Samantha schon etwas unruhig geworden.

»Da bist du ja! Guten Morgen, meine liebe Roberta«, sagte sie und umarmte die Freundin zur Begrüßung.

»Tut mir leid, dass ich so spät dran bin! Guten Morgen, Liebes«, keuchte Roberta atemlos und öffnete die Knöpfe ihrer malvenfarbenen Strickjacke.

»Aber stell dir nur vor, was passiert ist! Ich bin noch völlig durcheinander! Eben hatten wir doch noch davon gesprochen und jetzt ist es endlich eingetreten!«

»Äh ... ich habe keine Ahnung, wovon du sprichst. Möchtest du dich nicht erst mal setzen?«

»Aber dein Termin ...«

»Eine Viertelstunde habe ich noch – also?«

Samantha deutete auf einen der zierlichen antiken Kirschbaumholzstühle und Roberta nahm Platz.

»Stell dir nur vor! Es sind Leute gekommen, ein Ehepaar aus Hastings, das interessiert sich für unseren Frank! Endlich! Sie möchten ihn wahrscheinlich adoptieren!«

»Das ist ja eine wunderbare Neuigkeit«, sagte Samantha.

Sie freute sich aufrichtig für Frank, weil sie wusste, was es ihm bedeutete. Doch im selben Augenblick spürte sie auch ein seltsam flaues Gefühl in der Magengegend.

»Und ... und was sind das für Leute?«

»Was soll ich sagen ... die waren sehr nett ... beide so etwa Mitte vierzig. Sie betreiben ein großes Haushaltswarengeschäft in der Stadt, sagen sie.«

»Dann bekommt mein kleiner Freund endlich eine richtige Familie«, sagte Samantha mit belegter Stimme.

Roberta wusste instinktiv, was gerade in Samantha vorging.

In heiterem Tonfall sagte sie deshalb: »Also ich weiß im Moment noch nicht, ob ich darüber glücklich oder traurig sein soll. Frank ist mir inzwischen doch sehr ans Herz gewachsen. Aber ihm wird es sicher guttun, dass diese Leute ihn ausgesucht haben. Ihn allein! Zum ersten Mal in all den Jahren!«

»Ich kann das nachfühlen. Mir geht es genauso. Es ist wirklich eine komische Vorstellung, dass Frank irgendwann nicht mehr hier sein wird, sondern woanders lebt«, sagte Samantha nachdenklich.

»Bei Menschen, zu denen er dann *Mom* und *Dad* sagt ... Und eifersüchtig muss er dann auch nicht mehr sein, weil er dann selbst Eltern hat.«

»Ja, das ist wohl der Lauf der Welt. Aber sag mal«, begann Roberta, um das Thema zu wechseln, »was ist denn jetzt mit diesen Leuten? Du weißt schon ...«

Samantha lachte kurz auf, bevor sie antwortete: »Ja, ich weiß auch nie, wie ich die beiden nennen soll. Es gab heute Morgen eine sehr unschöne Szene. Direkt hier vor der Tür! Sie waren einfach nach oben gekommen und forderten, endlich ihren Sohn zu sehen. Und das in aller Frühe. Der arme Henderson hat uns abgeschirmt so gut er konnte und war völlig verzweifelt, weil es ihm nicht gelungen war.«

»Oh, mein Gott, der Ärmste!«

»Solche Leute hat Henderson wahrscheinlich in seiner gesamten Berufszeit noch nicht erlebt.«

Samantha kicherte und schüttelte den Kopf.

»Die Frau wurde im Laufe seiner Bemühungen wohl so laut, dass Michael davon aufgewacht ist. Das war Henderson sehr unangenehm ... und das war dann Michaels erste Begegnung mit seiner Mutter – nach dreißig Jahren.«

»Wie unerfreulich! Das kann ich mir lebhaft vorstellen, wie dieser feine Mann mit diesen Leuten zu kämpfen hatte. Aber demnach gibt es keinen Zweifel daran, dass diese Frau wirklich Michaels Mutter ist.«

»Sie ist es, kein Zweifel. Ich bin erst später dazugekommen und ausgerechnet in dem Moment hat natürlich Colin angefangen zu brüllen. Wo ich doch unbedingt verhindern wollte, dass sie etwas von ihm mitbekommen.«

»Oh, je! Und wie haben die darauf reagiert?«

»Ganz begeistert natürlich, von wegen, dass sie jetzt Großeltern wären und so ...«

»Und wie geht das jetzt weiter? Was haben die überhaupt vor?«

»Also, Michael ist dann später runtergegangen und hat erfahren, dass sie hier wohl eine kurze Zeit überbrücken wollen, solange ihr Haus renoviert wird.«

»Ich verstehe ...«

»Von mir aus geht das in Ordnung. Ich habe nur die Bedingung gestellt, dass diese obere Etage für sie tabu sein muss. Der Gedanke, dass die hier überall herumgeistern, wäre mir unheimlich ...«

»Und, was meinst du, werden sie darauf eingehen? Mein Gott, ich frage dich schon wieder aus! Bitte verzeih!«

»Das macht mir doch nichts.«

Samantha lachte und streichelte über Robertas Arm.

»Ich finde es sogar wichtig, dass du das alles weißt. Schließlich ist deine Wohnung auch hier oben.«

»Ja, richtig!«

»Sie wissen es, glaube ich, noch gar nicht. Aber sie werden wohl darauf eingehen müssen. Andernfalls müssen sie eben gehen.«

»Mein Gott! Was für eine Geschichte!«

»Aber jetzt muss ich wirklich los!«

»Was ich dich noch fragen wollte, meine Liebe: Falls ich irgendetwas nicht weiß hier im Haus, erreiche ich dich telefonisch, während du weg bist?«

»Im Prinzip, ja.« Samantha überlegte kurz.

»Ach, weißt du, frag doch in so einem Fall lieber unseren guten Henderson. Er müsste in der Zeit eh hier im Haus sein.«

Samantha legte den Arm um ihre Freundin und sah sie liebevoll an.

»Ich hatte in letzter Zeit übrigens den Eindruck, dass es dir gar nicht so unangenehm ist, wenn Henderson sich in deiner Nähe aufhält«, ergänzte sie noch mit einem Zwinkern.

Roberta errötete prompt, fragte aber nur lächelnd: »Hast du noch irgendwelche besonderen Instruktionen für mich wegen Colin, meine Liebe?«

»Nein! Eigentlich musst du nur darauf achten, ob er aufwacht. Im Augenblick ist er satt und sauber, aber wir wissen ja, das kann sich sehr schnell ändern«, sagte Samantha und lachte.

»Mach's dir hier bitte gemütlich, meine Liebe! Ich bin so bald wie möglich zurück.«

Sie nahm ihre Handtasche und drehte sich noch einmal zu Roberta, bevor sie ging.

»Und danke! Es tut gut, zu wissen, dass du da bist.«

»Keine Ursache! Das mache ich doch gern«, wollte Roberta noch antworten, aber da war die Tür zum Korridor schon verschlossen.

Samantha saß zum ersten Mal seit der Entbindung wieder hinter dem Steuer ihres Wagens. Sie war auf dem Weg ins Krankenhaus von Rye wegen einer Kontrolluntersuchung. Henderson hatte sich angeboten, sie zu fahren, doch sie zog es vor, ihn auf Cardington Manor zu wissen. Michael war nicht zu Hause und Henderson war somit der Einzige, der in der Lage und Position war, ihre ungebetenen Gäste in Schach zu halten, falls es denn nötig wäre.

Außerdem war sie heilfroh, auch mal wieder einen Moment lang mit sich und ihren Gedanken allein zu sein. Seit es Colin gab, waren solche Augenblicke sehr selten geworden. Und auch die Zeit vor seiner Geburt war durch die verschiedenen Umbauten im Wohntrakt und im Kinderheim sehr unruhig und ziemlich anstrengend gewesen.

Direkt vor dem Krankenhaus von Rye fand sie einen Wegweiser, der die Möglichkeiten *Besucherparkplatz* und *Notaufnahme* anbot.

Als sie das letzte Mal hier gewesen war, hatte Michael sie zur Notaufnahme gebracht. Die Fruchtblase war bereits geplatzt und Colins Geburt stand unmittelbar bevor. Roberta hatte neben ihr gesessen und auf der Fahrt ihre Hand gehalten.

Mit dem Gefühl von Erleichterung setzte Samantha nun den Blinker nach links und lenkte den Wagen auf den Besucherparkplatz.

Als Samantha eine Weile später die Klinik wieder verließ, hing an der Pinnwand vor dem Kreißsaal eine weitere Geburtsanzeige. Auf einem hellblauen Kärtchen stand neben einem niedlichen Babyfoto:

Mit Stolz und großer Freude zeigen wir die Geburt unseres Sohnes an:

Colin Charles

Wir sind dankbar und überglücklich.
Samantha & Michael Tomlinson,
Cardington Manor

13

Auch dieser ereignisreiche Tag war zu Ende gegangen. Samantha und Michael saßen nach einer gefühlten Ewigkeit endlich einmal wieder bei einem Candle-Light-Dinner zusammen, an der langen, sorgfältig gedeckten Tafel des Speisezimmers.

Seit Colins Geburt waren diese Gelegenheiten selten geworden. Meistens hatten sie in Eile unten in der großen Küche gegessen oder sich eine Kleinigkeit hinauf in ihre Wohnung bringen lassen.

Die routiniertere Handhabung des Alltags als Familie hatte inzwischen wieder eine gewisse Entspannung mit sich gebracht. Im Augenblick schlief der Kleine in seinem Zimmer in der Obhut seiner Großmutter. Roberta, die sich bei ihrem Einzug vorgenommen hatte, den gesamten Buchbestand von Cardington Manor durchzulesen, führte das Babyfon meistens bei sich. Gerade hütete sie ihren Enkel, während sie in der Bibliothek selig vor den verglasten Schränken stand.

Henderson war ihr mit der Bibliothekartreppe behilflich gewesen. Er hatte ihr außerdem das Prinzip erklärt, nach dem die kostbaren Buchschätze angeordnet waren und ihr seine persönlichen Lieblingswerke gezeigt.

Roberta hatte dabei eine ledergebundene Ausgabe von Jane Austens *Stolz und Vorurteil* entdeckt. Damit würde sie diesen Abend auf wunderbar romantische Weise verbringen. Wie sie diese alten Bücher liebte! Endlich hatte sie auch die Zeit, sie zu lesen – mit einer guten Tasse Tee und unter einer Wolldecke, während im Kamin ein Feuerchen prasselte.

»Hast Du es ihnen eigentlich inzwischen gesagt? Das mit meiner Bedingung, meine ich.«

Samantha brach sich ein kleines Stück von dem gerösteten Weißbrot ab, das gemeinsam mit ihnen auf die Vorspeise wartete.

»Ja, und stell dir vor, Sie haben es sogar eingesehen. Das war wohl heute Morgen auch nicht so angenehm für die beiden.«

»Glaubst du das wirklich? Also mir kam es so vor, als wäre diese Situation ganz nach ihrem Geschmack gewesen. Aber du kennst sie schließlich besser.«

»Na, ja, auch nicht wirklich. Aber ich war sehr überrascht, wie schnell sie das akzeptiert haben.«

Michael trank einen Schluck Wasser.

»Andernfalls stünde es ihnen auch frei zu gehen. Aber das scheinen sie noch weniger zu wollen.«

»Das ist so. Aber sie wissen offenbar, dass sie sich nur für kurze Zeit einschränken müssen.«

Henderson servierte eine Gemüsecremesuppe zur Vorspeise.

»Aber diese Situation ist doch eigentlich furchtbar, findest du nicht? Stell dir nur mal vor, du besuchst jemanden, irgendwelche Verwandten zum Beispiel. Und dann wird dir gesagt, du kannst zwar bleiben, aber nur unter Verschluss und das auch nur kurz, obwohl genug Platz im Haus ist.«

»Ja, ich gebe dir recht! Das Ganze ist so richtig widerwärtig und peinlich! Für alle Beteiligten, mich eingeschlossen. Was glaubst du, wie unangenehm es mir war, so etwas auszusprechen? Aber das haben sich die beiden selbst zuzuschreiben. Vertrauen wird einem eben nicht mehr nachgeworfen, wenn man es schon einmal missbraucht hat.«

»Ja, so ist das wohl«, sagte Samantha, nachdem die Suppentassen wieder abgeräumt waren.

»Aber stell dir vor, es gibt auch etwas Positives zu berichten: Unser Frank soll adoptiert werden!«

»Wirklich? Das freut mich für ihn«, sagte Michael mit glänzenden Augen.

»Wobei ich gerade gar nicht sagen kann, ob das eine positive Nachricht für mich ist – also für Frank ist es bestimmt positiv«, räumte er ein.

»Weißt du, Sammy, seit Muriel und Hutch sich wieder in mein Bewusstsein gezwungen haben, sehe ich Frank mit anderen Augen. Ich war damals ungefähr so alt wie er, als ich zu meinen Großeltern gebracht wurde. Letzte Nacht, als ich noch eine Weile wach lag, nachdem ich dir Colin gebracht hatte, habe ich sogar an Frank gedacht. Ich habe mich gefragt, wie es wäre, wenn wir ihn adoptieren würden. An so etwas habe ich davor noch nie gedacht, weil das Thema Adoption für mich immer mit ungewollter Kinderlosigkeit verknüpft war.«

»Ja, für mich auch. Komisch, nicht wahr?«

»Und jetzt ist es wohl zu spät, aber ich freue mich wirklich für ihn. Tapferer kleiner Kerl!«

Der Hauptgang verlief schweigend. Alles war gesagt und nichts war zu ändern.

Eine Woche war vergangen.

Am frühen Morgen fuhr Michael nach London. Er musste einen unaufschiebbaren Termin in der Redaktion von *The Beauty of Nature* wahrnehmen: die zweitägige Jahresversammlung, obligatorisch für alle, die im vergangenen Jahr am Entstehen des Blattes mitgewirkt hatten – und die es auch weiterhin vorhatten.

Michael bezog einen nicht geringen Teil seiner Einkünfte von diesem renommierten Gartenmagazin. Deshalb lag ihm auch für die Zukunft viel an der Zusammenarbeit. Denn auch wenn seine Frau inzwischen eine reiche Frau war – seine Unabhängigkeit war Michael nach wie vor wichtig und machte seine Anwesenheit in London unabdingbar.

Obwohl es Michael wieder schwergefallen war, sich von Samantha und dem Kleinen loszureißen, mischte sich dieses Mal eine große Portion Erleichterung in sein Alltags-Empfinden. Denn Abstand zu Cardington Manor bedeutete für ihn neuerdings auch Abstand zu Muriel und Hutch.

Entgegen Michaels Befürchtung war die vergangene Woche ziemlich ruhig verlaufen. Seine Mutter und ihr Mann hatten Samanthas Bedingungen offenbar wirklich akzeptiert. Für ihre Verhältnisse hatten sie sich sogar unauffällig verhalten. Sie wohnten zurückgezogen im *Appartement* und unternahmen bei schönem Wetter kurze Spaziergänge in den Park.

Trotzdem war Michael nicht wirklich wohl bei der Angelegenheit. Irgendetwas stimmte nicht, er war sich sicher. Eine Stimme in seinem Bauch sagte ihm, dass die Sache einen verborgenen Haken enthielt – enthalten musste –, den er in seiner Gutgläubigkeit nur noch nicht entdeckt hatte. Es wäre seiner Erfahrung nach auch das erste Mal, dass Muriel und Hutch sich an Regeln hielten oder Versprechen nicht brachen.

Es kam Michael so vor, als würden sich in seinem Inneren zwei Stimmen miteinander unterhalten.

Die eine sagte: ›Aber warum sollten sie sich nicht geändert haben? Viele Menschen ändern sich!‹

Die andere: ›Eben weil es sich bei den beiden um Muriel und Hutch handelt.‹

›Aber man muss doch allen Menschen eine zweite Chance geben, oder nicht?‹

›Ja, das muss man wohl. Ich bin ja auch gerade dabei.‹

›Das ist doch gut!‹

›Aber es geht mir nicht gut dabei. Eigentlich fühle ich mich sogar richtig schlecht ...‹

›Wo sie doch deine Eltern sind ...‹

›Aber nicht alle Eltern sind gut und meinen es auch gut.‹

›Aber sieh doch nur mal, wie pflegeleicht sie sich gerade verhalten! Das musst du doch anerkennen!‹

›Ja, das tun sie, aber irgendetwas stimmt nicht, das spüre ich genau!‹

›Das ist bestimmt nur wieder so ein Vorurteil.‹

›Nein, das ist meine Erfahrung mit den beiden.‹

An dieser Stelle des Gesprächs angelangt, startete der innere Dialog als Endlosschleife.

Immer wieder.

Je weiter sich Michael von seinem Zuhause entfernte, desto besser fühlte er sich. Es war geradezu grotesk: Jeder zusätzliche Kilometer, den er zurücklegte, ließ ihn weiter aufatmen.

Das ist doch eine verkehrte Welt!

Samantha mit der Situation allein gelassen zu haben, bereitete ihm wirklich ein schlechtes Gewissen.

Doch zusammen mit der Erleichterung über den Abstand wurde daraus im Laufe der Fahrt eine neutrale Empfindung, die sich wie Watte anfühlte.

14

Das war ein Tag wie aus dem Bilderbuch. Die Sonne lachte über der Südküste Englands und wie ein unsichtbarer Zauberer ließ ein leichter Wind die letzten, hartnäckigen Wolken verschwinden.

Samantha befand sich auf dem Rückweg von den Pferdeställen. Dort wurde sie in letzter Zeit häufiger gebraucht, denn nach Charles' Tod war es schwierig, einen kompetenten Nachfolger zu finden.

Bewerber für den Posten als Gestütsleiter gab es viele, jedoch niemanden mit der nötigen Erfahrung.

Die Pferdezucht von Cardington Manor war inzwischen über die Landesgrenzen hinaus bis aufs Festland bekannt. Es gab immerhin einen sehr guten Ruf zu verlieren. Solange die Nachfolge nicht geklärt war, blieben jetzt viele Entscheidungen an Samantha und Michael hängen. Die trafen sie allerdings mehr mit Bauchgefühl denn mit Sachverstand.

Roberta passte gerade auf Colin auf und das war für Samantha ein beruhigendes Gefühl. Bis jetzt hatte sie keinen Anruf ihrer Freundin erhalten, der sie zum Stillen des Kleinen zurückbeordert hätte. Samantha folgte deshalb der spontanen Idee, noch einen Abstecher ins Kinderheim zu machen. Sie wusste, dass die Schulkinder gerade eben zurückgekehrt waren. Aus einiger Entfernung hatte sie den Bus wegfahren sehen, der die Schüler morgens abholte und mittags zurückbrachte.

Samantha wollte die Gelegenheit nutzen, um mit Frank zu sprechen. Sie hatte ihn seit Colins Ankunft auf Cardington Manor nicht mehr getroffen. Es war wie verhext, weil Frank immer gerade dann in der Schule war, wenn Samantha Zeit hatte, das Waisenhaus zu besuchen.

Diese Sache mit der Adoption ging ihr nicht mehr aus dem Kopf. Sie hatte im vergangenen Jahr einige Male miterlebt, wie schwer es für Frank gewesen war, dass kein Elternpaar ihn gewollt hatte. Und jetzt stand offenbar seine große Stunde kurz bevor.

Es war nun an Samantha, ihren kleinen Freund loszulassen. Aber dafür musste sie sich erst vergewissern, dass Frank sich auf sein neues Leben in einer richtigen Familie freute.

Als sie das ehemalige Gesindehaus betrat, war es seltsam ruhig darin. Bis auf das Klappern von Besteck auf Porzellan waren kaum Laute zu hören. Alle Kinder saßen im großen Gemeinschaftsraum beim Mittagessen.

Samantha entdeckte Frank an einem Ecktisch, wo er zusammen mit ein paar der älteren Kinder saß. Er hatte nur zur Hälfte aufgegessen und seinen Teller bereits von sich geschoben. Unter seinen Augen hatte Frank dunkle Schatten. Samantha fand außerdem, dass er blass aussah. Während seine Freunde ausgelassen tuschelten, beteiligte er sich nicht daran – ganz entgegen seiner sonstigen Gewohnheit. Frank machte den Anschein, als wäre er geistig abwesend, er starrte nur vor sich hin.

Samantha war erschrocken, denn das hatte sie nicht erwartet. Sie ging hin zu dem Tisch und sagte mit einem fröhlichen Lächeln: »Guten Tag, meine Damen und Herren! Ist die Schule schon aus, ja?«

Die Reaktion war reine Freude.

»Lieber Frank, könnte ich dich bitte kurz sprechen?«

Frank nickte. Ohne ein Wort und mit unveränderter Mimik stand er auf, nahm seinen Teller und trug ihn nach nebenan in die Küche.

Als er zurückkam, sagte er mit dem Anflug eines Lächelns: »Ja, Mrs Tomlinson, was ist denn?«

Samantha stutzte. Zum ersten Mal, seit sie sich kannten, hatte Frank zur Begrüßung nicht gezwinkert.

»Ich wollte dich zu einem Spaziergang abholen, weil wir uns jetzt schon seit ein paar Wochen nicht gesehen haben. Hast du vielleicht Lust, draußen ein paar Schritte mit mir zu gehen?«

Frank nickte und nahm seine Jacke vom Garderobenhaken im Flur.

Samantha öffnete die Haustür und nahm ihren kleinen Freund bei der Hand.

Bis sie sich einige Meter vom Kinderheim entfernt hatten, gingen sie schweigend nebeneinander her.

Die Mittagssonne blinzelte durch die Blätter und Blüten der alten Bäume und präsentierte den Park von Cardington Manor von seiner besten Seite. Die Aussicht in diese schier endlose grüne Weite raubte Samantha noch immer den Atem. Jedes Mal, wenn ihr Blick darauf fiel.

In diesem Moment wusste Samantha plötzlich, wie Frank sich fühlte, warum er sich nicht freute. Obwohl doch ein lange – vielmehr sein ganzes Leben lang – gehegter Wunsch in Erfüllung zu gehen schien.

»Eigentlich bin ich gekommen, weil ich einen glücklichen Jungen treffen wollte, der schon bald eine Familie haben wird. Aber mir scheint, der ist heute nicht da«, sagte Samantha leise und streichelte sanft durch Franks rotes Haar.

»Roberta hat mir erzählt, dass dich ein Ehepaar aus Hastings adoptieren möchte.«

Schweigen.

»Sie sagte, sie haben sofort dich ausgesucht und sich die anderen Kinder gar nicht erst angesehen, weil du ihnen am besten gefallen hast.«

Schweigen.

»Hast du sie schon kennengelernt?«

Frank nickte.

»Und wie war das für dich? Ich meine, sind die nett?«

»Sie haben gesagt, ich bekomme einen Hund.«

Ein Strahlen huschte über das sommersprossige Gesicht und verglühte kurz darauf wie eine Sternschnuppe.

»Einen Hund? Das ist ja großartig!«, sagte Samantha, um Franks Begeisterung zu schüren.

»Und weißt du schon, was du für einen bekommst?«

»Nein.«

»Aber das scheinen ja sehr nette Leute zu sein. Einen Hund bekommt bei weitem nicht jedes Kind. Da werden dich die anderen aber beneiden!«

»Ja.«

Franks Einsilbigkeit tat Samantha weh.

»Weißt du denn schon, wie sie heißen, deine zukünftigen Eltern?«

»Boyle. Die Frau heißt Mildred und der Mann, glaub ich, Bill.«

»Und ... magst du sie?«

»Weiß nicht.«

Frank zog das Band an seiner Kapuze zur Hälfte heraus und spielte damit herum, indem er es wie einen Propeller durch die Luft wirbelte.

Samantha blieb abrupt stehen, ging vor dem Jungen in die Hocke und zog ihn zu sich heran.

»Frank, schau mich mal an! Kann es sein, dass du doch lieber hier bleiben möchtest? Ich meine, du musst nicht zu diesen Leuten, wenn du nicht möchtest.«

Der Junge überlegte eine Weile, dann sagte er: »Doch, ich möchte dorthin. Ich habe dann auch eine richtige Familie wie die anderen Kinder, die adoptiert worden sind. Und einen Hund!«

Die Aussicht auf den Hund vermochte es erneut, den Anflug eines Lächelns auf Franks trauriges Gesicht zu zaubern. Aber das, was er sagte, klang wie auswendig gelernt.

»Schwester Roberta hat gesagt, ich muss mich nur erst daran gewöhnen und dann würde ich dort nie wieder wegwollen.«

Samantha schluckte. Sie spürte den Zwiespalt, in dem ihr kleiner Freund steckte: Da war auf der einen Seite ein über viele Jahre geträumter Traum: der Traum jedes Waisenkindes! Dieser Traum hatte sich allerdings inzwischen verselbstständigt und war nie wieder infrage gestellt worden.

Und auf der anderen Seite gab es da eine Ungewissheit. Die Angst vor dem völlig unbekannten Neuen – und wofür man aber alles aufgeben sollte, was einem vertraut war: die Umgebung, die wie ein Zuhause und die Menschen, die wie eine Familie geworden waren. Ohne dass man es bemerkt hatte.

»Wenn Roberta das gesagt hat, dann wird das auch so sein. Sie kennt sich damit gut aus, weißt du?«

Frank blickte starr auf den Boden. Nach einer Weile sagte er: »Aber ich kann dann nie mehr hierherkommen, stimmt's?«

Samantha nahm den Jungen in den Arm.

»Aber wo denkst du denn hin! Hastings ist doch ganz in der Nähe! Und wenn du uns mit deiner neuen Familie besuchen möchtest, dann kommt einfach vorbei! Jederzeit, mein lieber Frank! Hörst du?«

Sie war erleichtert, dass sie seine geheimen Sorgen erraten hatte.

»Dann ist's ja gut. Ich hatte nur solche Angst, dass wir uns nie mehr wiedersehen ...«

»Doch ... das werden wir ... versprochen! Wir sind doch Freunde! Weißt du nicht mehr?«

Nachdem Samantha das ausgesprochen hatte, spürte sie einen Schmerz, von dem sie nicht wusste, ob es Franks oder ihr eigener war. Sie drückte den Jungen mit aller

Innigkeit und hielt ihn eine ganze Weile fest.
Dann begleitete sie ihn zurück zum Kinderheim.

Als Samantha sich wenig später auf den Weg nach Cardington Manor begab, merkte sie erst, dass sie Tränen in den Augen hatte.

15

Der kurze Fußweg nach Cardington Manor hatte Samantha gutgetan. Das war eben der Lauf der Dinge, wenn man in einem Waisenhaus arbeitete oder eines betrieb: Die liebgewordenen Schützlinge wurden adoptiert und das war schließlich auch der Sinn der Sache.

Es war natürlich alles andere als professionell, ein Einzelschicksal so nah an sich herankommen zu lassen. Aber Frank war eben Frank: das erste Kind, das ihr begegnet war, als sie zum ersten Mal das *St.-Mary*-Kinderheim in Lamberhurst betreten hatte, um ihr Leben endlich wieder selbst in die Hand zu nehmen. Frank war sozusagen Samanthas Glücksbringer gewesen und ihr kleiner Freund geworden. Es war also völlig normal, dass sie seinetwegen Tränen vergoss.

»Oh, mein Gott!« Mit einem leisen Aufschrei näherte sich Samantha einer der äußeren Freitreppen vor dem Wohnhaus. Sie erklomm den Zugang, indem sie immer zwei Stufen auf einmal nahm.

Die Sache mit Frank hatte ihre Aufmerksamkeit so sehr beansprucht, dass sie beinahe ihr Baby vergessen hätte. Jetzt kam zu all der Sorge wegen Frank auch noch ein schlechtes Gewissen dazu!

Als sie jedoch ihr Mobiltelefon kontrolliert hatte, verlangsamte sich Samanthas Schritt und sie beruhigte sich wieder. Sie hatte keine Nachricht von Roberta überhört. Alles war wohl in bester Ordnung. Kein Grund zur Eile also. Samantha atmete auf, während sie die kühle Halle durchquerte.

Auf der oberen Etage des Ostflügels befand sich die Wohnung von Roberta Gilchrist. Das war das ehemalige Schlafzimmer von Charles und Samantha gewesen, in das das junge Ehepaar Tomlinson nicht hatte einziehen wollen. Mit den Nebenräumen zusammen war daraus eine sehr hübsche und gemütliche Wohnung für eine ältere Dame entstanden.

Für den Bruchteil einer Sekunde spürte Samantha die bedrückende Energie von damals, die für sie – trotz Renovierung – noch immer von diesen Räumlichkeiten ausging.

Mit einem »Ja, bitte!« quittierte Roberta das Klopfen an ihrer Tür.

»Da bin ich wieder«, sagte Samantha, als sie den Kopf hineinsteckte. »Ist bei euch alles klar?«

Ihr Blick fiel auf die alte Kinderschwester, die in einem gemütlichen Plüschsessel saß, ein Buch in der Hand. Neben ihr auf einem runden Beistelltischchen lag das weiße Kunststoffkästchen, das sie über Funk mit Colins Zimmer verband.

»Alles bestens, meine Liebe«, sagte Roberta lächelnd, während sie ihre Lektüre zuklappte und auf ihre Armbanduhr sah. »Der kleine Schatz schläft nun bald viereinhalb Stunden ohne einen einzigen Laut!«

Sie stand auf, hielt sich das Babyfon erst ans Ohr und dann, wie als Beweis, in Samanthas Richtung.

»Absolute Stille!«

»Gott sei Dank!«

Samantha ging zu einem Sideboard und schenkte sich aus einer Kristallkaraffe ein Glas Wasser ein. Sie trank es in einem Zug leer und atmete hörbar auf.

»Jetzt geht's mir besser!«

»Warum, was ist denn geschehen, meine Liebe?«, fragte Roberta mit Besorgnis in der Stimme.

»Ach ... eigentlich nichts«, sagte Samantha mit einem

Seufzer, »aber ich war gerade noch kurz im Kinderheim und wollte mit Frank sprechen ...«

»Ja, und? War er nicht da?« Roberta blickte erneut auf ihre Armbanduhr. »Er müsste doch längst aus der Schule zurück sein und ...«

»Ja, ja, mach dir keine Sorgen!«, unterbrach Samantha. »Er war da – allerdings nur physisch. Geistig war er leider völlig abwesend. Ich musste ihm fast jedes Wort aus der Nase ziehen. Also ein glückliches Kind sieht anders aus, wenn du mich fragst!«

»Hmmm. Also etwas schweigsamer war er schon in den letzten Tagen, aber so schlimm, wie du erzählst, war es nicht.« Roberta setzte sich wieder.

»Er hat Angst, dass er nie wieder hierherkommen darf und wir uns nie wiedersehen.«

»Ach, je, der arme kleine Kerl!«

Roberta hatte Tränen in den Augen und schwieg einen Moment, bevor sie fortfuhr: »Ja, das ist die Kehrseite, wenn man eine langjährige Bindung hat – und wenn es in einem Waisenhaus so schön ist wie hier! Es ist ja das reinste Kinderparadies und die Adoptionseltern reißen uns die Kinder auch noch schier aus den Händen!«

»Ja, so ist es«, sagte Samantha und nahm Roberta gegenüber auf einem Sofa Platz.

»Frank hat mir erzählt, was du zu ihm gesagt hast, von wegen, er wird sich bestimmt eingewöhnen und so ... Bitte sei ganz ehrlich: Was hältst du von den Leuten, diesen Boyles? Ich weiß, dass sie Frank einen Hund versprochen haben. Aber sie wären ja nicht die ersten Adoptiveltern, die sich die Gunst eines Kindes erkaufen wollten, statt sich um eine Herzensbindung zu bemühen.«

»Ich weiß gerade gar nicht, was ich dazu sagen soll ...«

»Also bitte, Roberta! Wenn das irgendjemand beurteilen kann, dann doch sicher du!«

»Also, ehrlich gesagt, mir sind sie nicht sehr sympathisch ... also, ich meine, die Frau ist ganz nett, aber dieser Mann ist nicht so mein Fall. Aber kann ich das überhaupt objektiv beurteilen oder bin ich am Ende nur eifersüchtig? Vielleicht bin ich bei Frank einfach zu nah dran ... ich mag diesen Jungen so gerne ... er war wie mein Baby ... ich habe ihn von klein auf gehabt und ihn aufwachsen sehen und jetzt soll er ...«

Roberta putzte sich die Nase, bevor sie mit belegter Stimme weitersprach: »Wie soll ich die Sache da objektiv beurteilen können?«

»Ich kann dich verstehen, aber ...«

»Ich wünschte, diese Leute wären nicht tauglich, unseren Frank zu bekommen. Aber darf ich mir das wünschen? Darf ich mir das wirklich wünschen? Wo das die ganzen Jahre Franks größter Wunsch war, ausgewählt zu werden und eine Familie zu haben? Darf ich diese Menschen negativ beurteilen und dem Jungen damit vielleicht die einzige Chance verbauen, jemals adoptiert zu werden? Frank müsste mich doch fortan hassen!«

Die alte Dame brach in Tränen aus.

Samantha ging zu ihr hinüber, setzte sich auf die Lehne des Sessels und nahm sie in den Arm.

Als Roberta sich ein wenig beruhigt hatte, sagte Samantha: »Das ist jetzt für uns alle gerade nicht leicht – aber für Frank am allerwenigsten. Der hat aus genau den gleichen Gründen Angst, einen Fehler zu machen wie wir.«

»Wahrscheinlich«, sagte Roberta unter Schluchzen.

»Aber da ist ja dann auch noch die Sache mit dem Hund. Ich frage mich, kann ein Kind überhaupt eine klare Entscheidung gegen etwas treffen, wenn man ihm einen Hund versprochen hat?«

»Wahrscheinlich nicht.«

Roberta putzte sich erneut die Nase und atmete ein paar Mal tief durch. Dann sagte sie mit wesentlich klarerer Stimme: »Samantha, wir dürfen uns in die Sache nicht so hineinsteigern und sollten das Ganze aus der Sicht der Heimleitung sehen: Da sind Kinder, die wir auf das Leben vorbereiten. Und wenn diese Kinder die Chance bekommen, ein normales Leben zu führen, weil kinderlose Eltern sie adoptieren wollen, dann ist das ein großes Glück, dem wir uns nicht entgegenstellen dürfen. Ich finde, so sollten wir das sehen, sonst werden wir noch verrückt.«

»Ja ... Wahrscheinlich hast du recht.«

»Lass uns nach Colin sehen, meine Liebe! Das bringt uns auf andere Gedanken.«

Samantha griff seitlich an ihre schweren Brüste und sagte: »Das wird jetzt wirklich Zeit.«

»Der hat ja einen Schlaf heute! Vielleicht spürt er ja, dass du anderweitig beschäftigt warst.«

»Ja, seltsam! Er müsste sich eigentlich schon längst gemeldet haben. Ich platze auf jeden Fall gleich.«

Samantha trank noch ein Wasserglas leer und sie gingen hinüber in den Westflügel des Hauses.

16

Sie hörten Colins herzzerreißende Schreie erst, als sie auf den Korridor vor der Suite kamen, an dessen Ende sich das Kinderzimmer befand.

»Wie kann denn das sein?«, rief Samantha und sah kurz Roberta an, die den erschrockenen Blick entgeistert erwiderte.

Der Schritt der jungen Mutter beschleunigte sich.

»Kann es denn sein, dass dieser Babyfunkapparat kaputt ist?«, keuchte Roberta, die sich beeilte hinterherzukommen.

»Keine Ahnung! Heute Morgen funktionierte er jedenfalls noch.«

Samantha öffnete die Tür zum Babyzimmer und wollte sofort hineinstürmen.

Dann blieb sie plötzlich wie angewurzelt stehen.

»Was machen Sie da? Geben Sie mir sofort mein Kind!«, hörte Roberta Samantha schreien, bevor sie die Kinderzimmertür erreichte. Entsetzt dachte sie in diesem Augenblick zum allerersten Mal an die Möglichkeit einer Kindesentführung.

Das Szenario, das sie empfing, ließ auch sie abrupt stillstehen: Samantha entriss gerade ihren Sohn einer mageren älteren Frau, die daraufhin empört nach Luft schnappte. Im selben Moment kam ein schwitzender, untersetzter Mann zur Verbindungstür herein, die Colins Schlafraum, mit dem Rest der Wohnung verband.

Kein Zweifel: Diese Leute mussten Michaels Eltern sein, von denen Roberta schon so einiges gehört hatte. Durch die Weitläufigkeit von Cardington Manor war ihr das zweifelhafte Vergnügen einer persönlichen Begegnung bisher erspart geblieben.

Samantha war fassungslos. Ihr Herz bebte so heftig, dass ihr der Pulsschlag bis in die Ohren dröhnte.

Trotzdem versuchte sie zugleich, ihr panisch schreiendes Baby zu beruhigen, was ihr in dieser Stimmung natürlich nicht gelang. Gleichzeitig rang sie um Worte, um die Eindringlinge zur Rede zu stellen. Doch sie brachte kein einziges Wort heraus. Ihre Kehle war vor Entsetzen wie zugeschnürt. Sie war buchstäblich sprachlos. Mit offenem Mund starrte sie nur zwischen diesen unglaublich übergriffigen Menschen hin und her, die ihr von Anfang an so zuwider waren. Ihr aus voller Kehle weinendes Kind hielt sie dabei ganz fest an sich gepresst.

Roberta erfasste die Situation blitzschnell. Sie nahm Samantha den Kleinen ab, der weiterhin aus Leibeskräften brüllte. Dann ging sie mit ihm zum Wickeltisch, zog eine Windel aus einer Schublade und einen frischen Strampler aus der Kommode. Mit dem noch immer plärrenden Bündel auf dem Arm verließ sie den Raum und kehrte in ihre Wohnung zurück. Dort rief sie Henderson an, weil sie sich daran erinnert hatte, dass es für Notfälle in der Küche eine tiefgekühlte Ration Muttermilch für das Baby gab.

Wenn das kein Notfall war!

»So! Und jetzt möchte ich von Ihnen wissen, warum Sie hier widerrechtlich eingedrungen sind!«

Mit den Händen in den Hüften hatte sich Samantha vor Muriel und Hutch Tomlinson aufgebaut. Es gab ihr Kraft, Colin nun in Robertas guter Obhut zu wissen.

Samanthas unmissverständlich wütender Gesichtsausdruck ließ keinen Zweifel daran, dass Michaels Eltern das Guthaben ihres verständnisvollen Entgegenkommens nun aufgebraucht hatten.

Muriel Tomlinson machte keinerlei Anstalten, sich aus dem bequemen Still-Sessel zu erheben. Sie schnaubte vor

Empörung. *Diese junge Frau will Krieg! Eindeutig!*

»Was heißt hier *widerrechtlich eingedrungen*? Einer musste sich doch um den armen Jungen kümmern, wenn Sie schon den ganzen Vormittag unterwegs sind!«

»Wie bitte? Ich habe mich wohl verhört! Sie mussten sich um den armen Jungen kümmern? Also erstens geht es Sie einen feuchten Kehricht an, wie ich meine Vormittage verbringe, und zweitens war der Kleine in der Obhut seiner Großmutter! Sie war die ganze Zeit über mit dem Kinderzimmer per Funk verbunden!«

Samantha wandte den Blick zu der Steckdose in der Nähe der Wiege, in der seit Colins Geburt das Babyfon steckte.

Die Dose war leer.

»Haben Sie das Gerät etwa herausgezogen?«

Entsetzt sah sie wieder zu Muriel hinüber und schüttelte den Kopf. »Wie kommen Sie dazu?«

»Wir sollen das gewesen sein? Hast du das gehört, Hutch?«, fragte Muriel spitz und zog die Augenbrauen hoch.

»Das Ding lag schon dort im Regal, als wir kamen«, sagte nun Hutch, der mit hochrotem Kopf neben der Tür zum Ankleidezimmer stand.

»Ach, Sie haben das Funkkästchen also nicht herausgezogen, wissen aber genau, wonach ich suche.«

Samantha lachte zynisch auf. »Ich muss schon sagen, Sie lügen wirklich schlecht!«

Muriel bedachte ihren Mann mit einem wütenden Blick, bevor sie ihm zu Hilfe kam: »Doch! Genau so war es! Wir wollten gerade ein wenig spazieren gehen, da haben wir lautes Babygeschrei gehört. Und da es nicht aufhörte, weil sich wohl niemand um den Kleinen gekümmert hat, mussten wir eben nach ihm suchen. Schließlich ist er unser Enkel! Was hätten Sie denn getan an unserer Stelle?«

»Mrs Tomlinson, Sie lügen schon wieder und das sogar ziemlich dreist! Man kann unten in der Halle gar kein Babygeschrei hören. Dafür sind die Räume zu weit weg.«
»Dann habe ich eben bessere Ohren als Sie!«
»Ja, das wird es sein!«
»Es ist außerdem eine Frechheit von Ihnen zu sagen, dass wir lügen!«
»Genau! Ich bin hier diejenige, die frech ist! Sie durchsuchen in meiner Abwesenheit das Haus, dringen ins Kinderzimmer ein und kappen die Verbindung zum Babysitter! Sie haben unser Kind in Gefahr gebracht, ist Ihnen das überhaupt klar? Und das alles, obwohl es Ihnen ausdrücklich untersagt ist, sich hier oben aufzuhalten. Das wussten Sie auch ganz genau und deshalb tischen Sie mir diese ganzen Lügen auf!«

Sie wandte sich an Hutch. »Und was zum Teufel haben Sie in unserer Privatwohnung zu suchen?«

Ohne eine Antwort abzuwarten, fuhr sie fort: »Ich hätte gute Lust, die Polizei anzurufen und Sie sofort entfernen zu lassen und ...«

Ein Klopfen an der Tür unterbrach ihren Monolog. Es war Henderson, der sich – von Roberta verständigt – nach Samanthas Wünschen erkundigte.

»Henderson, Sie schickt der Himmel!«

Sie warf dem Butler einen vielsagenden Blick zu.

»Bitte begleiten Sie diese *Herrschaften* nach unten!« Und an Michaels Eltern gewandt, sagte sie: »Und das nächste Mal, wenn Sie sich meinem Kind auch nur auf fünf Meter nähern, rufe ich die Polizei, seien Sie sicher! Und jetzt gehen Sie mir aus den Augen, damit ich meinen Mann verständigen kann!«

»Ich bin schon gespannt, was Michael dazu sagt, wie wir hier behandelt werden!« Das war das Letzte, das Samantha hörte, bevor sie die Tür des Kinderzimmers hinter den Eindringlingen schloss.

17

Samantha öffnete die Flügel der Fensterfront, als hoffte sie, diesen unangenehmen Vorfall damit ungeschehen zu machen. Endlich konnte sie wieder tief durchatmen. Sie setzte sich in den Sessel und wählte Michaels Nummer. Dabei merkte sie, wie sehr sie noch vor Empörung zitterte.

Während sie dem Klingelton lauschte, füllten sich ihre Augen durch die bevorstehende Erleichterung mit Tränen. Alles, was Samantha jetzt wollte, war, mit Michael zu sprechen und ihm von dieser hässlichen Szene zu erzählen. Wie sehr sie sich in diesem Augenblick doch nach ihrem Mann sehnte!

Mit einem metallischen Geräusch schaltete sich jedoch nur die Mailbox ein.

Das war klar! Samantha wusste ja eigentlich, dass Michael zu dieser Stunde an der Jahresversammlung von *The Beauty of Nature* teilnahm. Sie wartete geduldig den Abwesenheitstext ab, weil sie so wenigstens kurz seine Stimme hören konnte.

Eigentlich wollte sie danach gleich wieder auflegen. Sie hatte keine Lust, in ihrer Aufgeregtheit und Verzweiflung mit einem Automaten zu sprechen.

Beim Ertönen des Signaltons überlegte sie es sich jedoch anders. Schließlich wollte sie, dass Michael sich meldete oder – besser noch – handelte.

»Michael, bitte komm so schnell wie möglich heim oder ruf mich wenigstens zurück! Deine Eltern halten sich nicht an die Vereinbarung. Sie sind heute in meiner Abwesenheit in unsere Wohnung eingedrungen, waren wer weiß wie lange in unseren Räumen und haben Colin aus der Wiege genommen. Roberta sollte auf ihn aufpassen, aber sie haben das Babyfon einfach herausgezogen, damit niemand was merkt ... und jetzt lügen sie, dass sich die Balken biegen, von wegen, dass sich niemand um den Kleinen gekümmert hätte und sie nur aus großelterlichem Pflichtgefühl gehandelt haben. Michael, bitte, ich möchte, dass sie gehen! Colin hat so gebrüllt, wer weiß, wie lange schon, und ...«

Vielen Dank für Ihren Anruf!

Das Gespräch war beendet.

Samantha trocknete ihre Tränen. Sie schloss die Fenster wieder und ging hinüber in den Ostflügel zu Robertas Wohnung. Das Funkgerät hatte sie noch schnell mitgenommen, als sie am Spielzeugregal vorüberging.

Sie wurde bereits sehnsüchtig von ihrem Baby erwartet, das sich seit der Verabreichung einer winzigen Notration wenigstens ein bisschen beruhigt hatte.

»Was haben diese Leute denn zu ihrer Rechtfertigung gesagt?«, fragte Roberta leise und mit Empörung in der Stimme. Sie hatte Colin gerade auf dem Arm gewiegt, als seine Mutter hereinkam.

Samantha setzte sich in Robertas bequemen Ohrensessel und knöpfte ihre Bluse auf.

»Später! Ich möchte erst, dass mein kleiner Schatz sich wieder beruhigt«, sagte Samantha und die alte Dame verstand.

Als er frisch versorgt und wieder eingeschlafen war, betteten sie Colin auf Robertas Sofa. Sie schoben einen Sessel so nah davor, dass der Kleine nicht herunterfallen konnte.

Danach merkte Samantha erst, wie erschöpft sie selbst war. Erst das Bewerbungsgespräch für den Gestütsleiter, dann die Unterredung mit Frank und zuletzt noch diese hässliche Szene mit diesen Eindringlingen – das war eindeutig zu viel für einen Vormittag.

»Hab ich jetzt einen Hunger! Hast du eigentlich schon gegessen, meine Liebe?«, fragte Samantha ihre Freundin, als sie sich das weiße Funkkästchen am Gürtel befestigte.

Roberta verneinte.

Sie gingen hinunter ins Souterrain, wo Rose in der Küche das Mittagessen warmgestellt hatte.

»Jetzt geht's mir schon viel besser«, sagte Samantha nach der zweiten Portion Shepherd's Pie mit Blattsalat.

Henderson kam in diesem Moment zur Tür herein.

»Ich bedaure diesen Zwischenfall vorhin zutiefst, Mrs Tomlinson. Leider war ich nicht rechtzeitig zugegen, um ihn zu verhindern.«

»Es ist doch nicht Ihre Schuld gewesen, Henderson. Sie können schließlich nicht überall gleichzeitig sein! Und einen Hauch von Anstand darf man selbst von diesen Leuten erwarten, nicht wahr?«

Henderson nickte, aber diese Sache blieb ihm doch sehr unangenehm.

»Haben Sie vielleicht noch einen Wunsch, Mrs Tomlinson?«

»Allerdings. Hätten Sie vielleicht einen Vorschlag, wie sich solch ein Übergriff in Zukunft vielleicht vermeiden ließe? Wenigstens für kurze Zeit. Ich denke, länger wird es nicht dauern, bis Mr und Mrs Tomlinson in ihr Haus in Jaywick werden zurückkehren können.«

Der Butler überlegte einen Augenblick.

»Die einfachste und schnellste Lösung wäre es wohl, die Räume so lange abzuschließen. Es wäre natürlich ein wenig lästig für Sie, aber es gibt wenigstens drei Generalschlüssel im Haus. Möchten Sie, dass ich sie Ihnen aushändige, nachdem Sie gegessen haben?«

»Ja, gerne! Sie haben recht, Henderson. Diese Maßnahme wäre einfach und schnell. Und das Einzige, das ich tun kann, solange mein Mann nicht da ist. Ich kann ihn zur Stunde nicht einmal erreichen. Somit bin ich jetzt besonders auf Ihre Unterstützung angewiesen. Sie sind gerade der einzige Mann im Haus.«

Sie lächelte ihn ein wenig hilflos an.

»Ich verstehe, Mrs Tomlinson. Sie können sich auf mich verlassen«, sagte der alte Herr und verschwand für kurze Zeit in seiner Butlerloge.

Er kehrte mit zwei Universalschlüsseln zurück, die er Samantha und Roberta mit einer angedeuteten Verbeugung übergab.

»Ich werde sofort in die obere Etage gehen und sämtliche Privaträume verschließen, damit Sie sich künftig wieder sicher fühlen können, Mrs Tomlinson, Mrs Gilchrist.«

Roberta errötete und lächelte Henderson voller Bewunderung an. Einen Augenblick lang hatte sie sich wie ein schutzloses Burgfräulein gefühlt, das von einem schneidigen Ritter aus einer Gefahr befreit worden war.

Als sie wieder zu sich kam, dankten die beiden Frauen ihrem Retter. Sie tranken nach dem Essen noch einen Kaffee und hatten sich trotz des unangenehmen Vorfalls wieder beruhigt.

Roberta hatte jetzt gleich einen Termin im Kinderheim und Samantha wollte nach oben gehen, um diesmal in Colins Nähe zu sein, wenn er aufwachte.

Als sie in die Halle hinaustrat, öffnete sich im selben Moment die Tür des *Appartement*s und Michaels Eltern standen ihr gegenüber. Offenbar wollten die beiden gerade einen Spaziergang unternehmen.

Doch statt einfach an Samantha vorbei hinaus in den Park zu gehen, um die angespannte Stimmung nicht noch mehr anzuheizen, blieb Muriel stehen. Sie verschränkte die Arme vor der Brust und zog auf ihre unvergleichlich überhebliche Art die Augenbrauen hoch.

»Was hat denn unser Sohn zu dieser Verleumdung gesagt? Und wann können wir endlich mit ihm sprechen?«

Samantha meinte, sich verhört zu haben. Diese Leute waren einfach unglaublich!

Lachend imitierte sie Muriels Gesten und sagte kopfschüttelnd: »Er hat dazu noch gar nichts gesagt, weil ich ihn noch nicht erreichen konnte. Andernfalls hätten Sie das gemerkt – seien Sie sicher! Weil er Ihnen dann nämlich eindringlich nahegelegt hätte, sich woanders einzuquartieren, um seine Familie nicht weiter zu gefährden.«

Muriel schnaubte, als sie entgegnete: »Pah! Das glauben Sie doch wohl selbst nicht! Michael hat uns sein Wort gegeben, dass wir so lange hier bleiben können, bis wir in unser Haus zurückkehren können.«

»Falsch! Er hat Ihnen mein Wort gegeben! Aber nur, wenn Sie sich an die Bedingungen halten. Und das haben Sie nicht getan, was mich ebenfalls von meinem Wort entbindet.«

»Unser Sohn hält seine Versprechen! Das haben wir ihm schließlich damals so beigebracht. Jawohl!«

Samantha unterdrückte ein ironisches Lachen. Wie sollte sie mit diesen Leuten vernünftig reden, die nicht in der Lage waren, die Wirklichkeit zu sehen?

Sie wechselte das Thema, weil sie es nun für ratsam hielt, das Gespräch in konstruktivere Bahnen zu lenken und sagte in einem freundlicheren Tonfall: »Und wie viel Zeit, denken Sie, wird die Renovierung Ihres Hauses noch in Anspruch nehmen?«

»Ich weiß es nicht.«

»Ich meine, Sie sind inzwischen ja schon acht Tage hier und in acht Tagen kann ja eine Menge renoviert werden. Vielleicht ist ja schon alles fertig und ...«

»Ganz sicher nicht!«

»Oh, Sie sind sich also sicher. Und wie erfahren Sie, ob und wann die Arbeiten abgeschlossen sind? Ruft man Sie hier an oder werden Sie schriftlich informiert?«

»Wir rufen dort an«, sagte Muriel und Hutch sah sie

daraufhin verwundert an.

»Aber in der vergangenen Woche haben Sie doch noch nicht telefoniert, oder etwa doch?«

Die Sache begann nun, Samantha näher zu interessieren.

»Nein, das haben wir nicht.«

»Äh ... und warum nicht? Ich meine, man möchte doch wissen, wann man wieder in sein Zuhause zurückkehren kann, oder nicht?«

»Natürlich wollen wir das wissen!«

»Soll ich vielleicht für Sie telefonieren, falls Sie ...«

»Nein, dass sollen Sie nicht!«

»So schnell geht das doch nicht! Das wird noch ne ganze Weile ...«, sagte Hutch und verstummte sofort wieder, als er merkte, dass er bereits zuviel gesagt hatte.

Muriel sah ihn mit versteinertem Blick an.

»Ach so, das wissen Sie also bereits, aber ...«

Samantha beendete den Satz nicht.

Da stimmte etwas nicht! Es hatte keinen Sinn, mit diesen Leuten weiterzureden, die offenbar schon wieder dabei waren, ihr irgendwelche Lügen zu erzählen. Darum sollte sich wohl besser Michael kümmern.

»Nun, gut, lassen Sie es mich bitte wissen, sobald Sie Neuigkeiten haben«, sagte Samantha nur noch und ging an den beiden vorbei, die große Freitreppe hinauf.

18

Michael Tomlinson saß an der Bar in der Lounge seines noblen Londoner Hotels. Das Licht war gedämpft, es drang kein einziger Strahl der Nachmittagssonne herein. Elegante Jazzklänge plätscherten im Hintergrund und bemühten sich, eine gediegene Lässigkeit zu verbreiten.

Vor Michael auf dem blank polierten Tresen stand eine kleine Flasche Single Malt, die bereits knapp zur Hälfte geleert war, daneben ein klobiger Whiskybecher.

Michael fühlte sich elend. So elend, wie schon lange nicht mehr. Die Beklommenheit, die er zu bekämpfen versuchte, war stärker als sämtliche Empfindungen, die er kannte und das bereitete ihm Angst.

Er hatte gehofft, dass ihm der gute, alte Whisky dabei helfen würde, diese Gefühle zu betäuben. Aber es funktionierte nicht.

Er füllte sein Glas erneut und trank. Während die bernsteinfarbene Flüssigkeit durch seine Kehle rann, war er wenigstens für kurze Zeit davon abgelenkt.

Und dann war sie wieder da, diese riesige Faust direkt unter seinen Rippenbögen. Oder steckte sie vielleicht in seinem Magen? Egal. Er nahm einen weiteren Schluck.

Es war nicht etwa so, dass ihm dieses Gefühl unbekannt vorkam. Vielmehr war es der ständige Begleiter seiner Kindheitstage gewesen: die körperliche Entsprechung seiner Todesangst und Ohnmacht. Der Ausdruck seines Entsetzens über den unglaublichen Verrat an seiner Schutzlosigkeit.

Und nun war diese Empfindung wieder da.

An dem Abend, als er nach Hause gekommen war und erfahren hatte, wer sich gerade im *Appartement* von Cardington Manor aufhielt, war sie zurückgekehrt. Seit diesem Moment fühlte er sich wieder ausgeliefert.
Genauso wie damals als wehrloser kleiner Junge.
Nur dass er sich heute dafür schämte. Vor Samantha. Und vor diesen Leuten, die sich als seine Eltern bezeichneten.
Aber am meisten schämte er sich vor sich selbst. Immerhin war Michael inzwischen das, was man einen Erwachsenen nannte. Er war außerdem Familienvater und ein sehr erfolgreicher Unternehmer.

Doch offenbar genügte ein bloßes Fingerschnippen seiner widerwärtigen Vergangenheit, um ihn genau dorthin zurückzukatapultieren. Sein Leben danach und alles, was er sich aufgebaut hatte, schien dadurch mit einem Schlag null und nichtig geworden.

Natürlich war er forsch und abweisend aufgetreten, jedes Mal, wenn er auf Cardington Manor mit Muriel und Hutch gesprochen hatte. Aber mehr deshalb, um vor Samantha und Henderson sein Gesicht zu wahren. Einzig die Peinlichkeit der Situation hatte ihm die Kraft dazu verliehen. Schließlich hatte niemand merken sollen, wie es wirklich in ihm aussah.

Das Glas war schon wieder leer und die Flasche würde es auch bald sein. Er goss sich erneut nach und trank. Der Whisky brannte zwar ziemlich unangenehm im Hals, aber wenigstens musste Michael in diesen kurzen Sekunden den Druck auf seinem Solarplexus nicht spüren.

Und dann war da am späten Vormittag auch noch der Anruf von seiner Frau. Michael war gerade mitten in diesem Meeting bei *The Beauty of Nature* gewesen. Er hatte nicht gleich an sein Telefon gehen können, sondern war in den Waschraum gegangen, um die Nachricht ungestört abzuhören.

Samantha hatte ihm sehr aufgeregt auf die Mailbox gesprochen. Seine Eltern, Muriel und Hutch, spielten wohl schon wieder ihre alten Spielchen aus Lügen, Intrigen und Verrat. *Ganz wie in alten Zeiten!* Und darin waren sie richtig gut, das wusste Michael aus eigener Erfahrung.

Samantha hatte ihn in dieser Nachricht gebeten, sich wenigstens zu melden. Eigentlich wollte sie, dass er nach Hause kam und seine Peiniger von damals rauswarf.

Ausgerechnet er! Das war einfach zu lächerlich.

Der alte Single Malt Whisky sollte Michael nun eigentlich dabei behilflich sein, all diese peinlichen Unannehmlichkeiten zu vergessen.

Doch die erwünschte Wirkung verkehrte sich phasenweise in ihr Gegenteil. Sie spülte lange verdrängte Erinnerungsfetzen an die Oberfläche seines Bewusstseins. Michael war diesen Bildern ausgeliefert, konnte nicht anders als hinsehen.

Verfluchtes Teufelszeug!

Immer wenn der missgelaunte Stiefvater sich über jemanden geärgert hatte, war der kleine Stiefsohn ihm gerade recht gekommen.

Ein paar Mal war der Junge damals in die Notaufnahme des Krankenhauses in York gebracht worden: mit einer ausgerenkten Schulter, einer blutenden Nase, einem angebrochenen Arm und Blutergüssen am ganzen Körper.

Er hatte den Ärzten und Schwestern bei diesen Gelegenheiten immer ganz genau schildern müssen, wie er die Treppe hinuntergefallen war.

Hutch hatte ihm auf dem Weg ins Krankenhaus jedes Mal eingeschärft, nichts zu verraten. Andernfalls würde er Michaels Mutter umbringen und dann wäre er ganz allein mit ihm und hätte sonst niemanden mehr.

Muriel hatte von all diesen Vorfällen gewusst und ebenfalls geschwiegen. Wenn sie gemerkt hatte, dass ihr Mann sich den Kleinen vornehmen wollte, war sie jedes

Mal ins Nebenzimmer verschwunden. Dort hatte sie dann den Fernseher laut aufgedreht, um die Schreie und das Weinen nicht hören zu müssen. Zur Rede gestellt hatte sie ihren Hutch nie. Womöglich hätte dieser wunderbare Mann sie sonst verlassen. Und ein wenig Erziehung hatte ja bekanntlich noch keinem Kind geschadet.

Seit er Samanthas Nachricht abgehört hatte, fühlte sich Michael wie gelähmt. Er wollte nicht mehr mit diesen Leuten reden. Nie mehr wieder! Er wollte nichts mehr mit ihnen zu tun haben. Sie sollten einfach für immer aus seinem Leben verschwinden, damit dieses quälende Gefühl in seiner Magengegend endlich aufhörte.

Michael hatte seiner Frau gegenüber doch nicht einmal erwähnt, dass Hutch ihn als Kind regelmäßig brutal verprügelt hatte. Sie hätte sonst nicht eingewilligt, dass seine Eltern wenigstens übergangsweise auf Cardington Manor wohnen konnten.

Aber wie sollte er das alles Samantha nun begreiflich machen? Wie sollte er ihr erklären, warum er sich nicht einmal meldete? Was würde sie jetzt gerade von ihm denken, wenn sie all das wüsste?

Hätte sie noch Respekt vor ihm? Und würde sie ihn überhaupt noch weiter lieben können?

Der Karren war bereits so verfahren, dass nur noch ein weiteres Glas Whisky dabei helfen konnte, ihn aus dem Dreck zu ziehen.

Prost!

19

Es war ungewohnt für Samantha, im eigenen Haus Türen aufsperren zu müssen, um irgendwo hineinzugelangen. Sie konnte sich auch nicht daran erinnern, dass sie auf Cardington Manor jemals eine Tür aufgesperrt hatte. Die Situation hatte schon etwas Groteskes.

Auf Zehenspitzen betrat sie Robertas Wohnung und verließ sie ebenso leise wieder, nachdem sie sich vergewissert hatte, dass Colin noch immer schlief.

Das Babyfon an ihrem Gürtel hatte zwar die ganze Zeit über kein einziges Geräusch von sich gegeben, aber Samanthas Vertrauen war seit diesem Übergriff doch ziemlich erschüttert.

Nachdem sie die Tür wieder sorgfältig zugeschlossen hatte, ging sie zum Büro am Ende des Korridors. Und wieder gab es eine Tür aufzuschließen. Wenigstens brauchte sie nur einen einzigen Schlüssel für diese vielen Türen.

Samantha setzte sich an den Sekretär, zog sich das Telefon heran und wählte Michaels Nummer. Noch bevor das Klingelzeichen ertönte, legte sie wieder auf.

Sie wollte der Sache selbst auf den Grund gehen.

Nachdem sie im Internet die Adresse von Michaels Eltern herausgefunden hatte, griff Samantha erneut zum Hörer und rief dort an.

Eine automatische Frauenstimme sagte ihr, dass dieser Anschluss nicht erreichbar wäre.

Samantha stutzte. Sollten die beiden tatsächlich für so kurze Zeit ihren Anschluss stilllegen lassen haben, nur weil das Haus renoviert wurde? Das kam ihr doch sehr merkwürdig vor.

Nach kurzer Überlegung rief Samantha die Telefonauskunft an und ließ sich die Nummer des benachbarten Grundstücks dort in Jaywick geben.

Sie wählte diese Nummer. Es klingelte. Dieser Anschluss schien zu existieren, doch es nahm niemand ab.

Als Samantha gerade wieder auflegen wollte, meldete sich eine Frau, die ihren Namen so undeutlich nannte, dass Samantha ihn nicht verstehen konnte. Der Stimme nach zu urteilen schien diese Nachbarin im ähnlichen Alter wie Muriel Tomlinson zu sein.

Samantha gab sich als entfernte Verwandte der Tomlinsons aus, die in großer Sorge war, dass sie unter deren Telefonnummer niemanden erreichte.

Was Samantha dann erfuhr, verschlug ihr die Sprache.

Michaels Eltern hatten durchaus die Wahrheit gesagt. Zumindest einen Teil davon.

Den Teil, der sich gut machte, wenn man ihn erzählte.

Den unangenehmen Teil hatten sie verschwiegen. Das war die Tatsache, dass ihr winziges Haus niedergebrannt war und es nichts mehr gab, um darin zu wohnen.

»Und dabei hatten die beiden noch Glück, dass die anderen Baracken nicht auch noch Feuer gefangen haben, weil unsere Feuerwehr doch gleich um die Ecke ist.«

»Welche Baracken meinen Sie, Mrs ... leider habe ich vorhin Ihren Namen nicht verstanden.«

»Howard. Na, die Nachbarwohnungen! Wir wohnen doch hier alle in Baracken. Häuser kann man das kaum nennen. Das ist hier keine sehr feine Gegend, wissen Sie?«

»Ich verstehe ... aber sagen Sie, Mrs Howard, wie ist denn das passiert mit dem Brand?«

»Na, das Übliche eben! Hutch hat wohl im Bett geraucht und ist dabei eingeschlafen. Das war ja nicht das erste Mal.«

»Um Gottes willen! Sind die beiden denn verletzt worden?«

»Nein, nicht dass ich wüsste. Aber alles, was sie hatten, ist eben futsch – alles verbrannt.«

»Ja, und wo sind die beiden jetzt?«

Samantha fiel es schwer, sich unwissend zu stellen, aber anders kam sie nicht an die Wahrheit heran.

»Wo sie im Moment sind, weiß ich nicht. Sie wollten, glaub' ich, nach London. Angeblich haben sie dort einen Sohn, der ein berühmter Mann sein soll. Aber das kann ich mir nicht vorstellen. Die wollten sich bestimmt nur wichtig machen. Diesen Sohn hätte man doch mal sehen müssen in all den Jahren!«

»Da haben Sie recht, Mrs Howard! Und alles, was sie hatten, ist verbrannt, sagten Sie?«

»Ja, schrecklich, nicht wahr! Gleich nach dem Feuer hat sich dann die Fürsorge um sie gekümmert, hat ihnen Kleidung gegeben und das Nötigste eben. Die wollten ihnen auch eine Behelfswohnung für den Übergang anbieten. Aber Muriel ist sich für so etwas ja zu fein, spielt immer die große Dame, wissen Sie, aber Sie kennen sie ja auch ... wo war ich stehen geblieben? Ach ja, und dann hat Muriel eben gesagt, sie zieht in keinen Container und außerdem hätte sie ja noch einen Sohn. Da wäre sie nicht auf die Wohlfahrt angewiesen.«

»Ach, ja ...« Samantha war schockiert. »Und ... und wann ist das Haus wieder bewohnbar?«

»Wie ... bewohnbar?«

»Na, ja, wann sind die Renovierungsarbeiten abgeschlossen, sodass Muriel und Hutch wieder einziehen können?«

»Welche Renovierungsarbeiten? Hier gibt's nichts mehr zu renovieren, nur noch ein leeres Grundstück und einen Haufen Asche.«

»Aber ... aber ... sie müssen doch irgendwo wohnen,

wenn sie zurückkommen ... Lassen sie das Haus dann vielleicht neu bauen?«

»Das kann ich mir nicht vorstellen. Von Zurückkommen war auch nicht die Rede. Wer sollte das denn bezahlen? Sie etwa? Die beiden jedenfalls nicht, das wüsste ich! Und dass die Fürsorge neuerdings Baukosten übernimmt, kann ich mir nicht vorstellen!«

Samantha war sprachlos. Sie beeilte sich, das Gespräch zu beenden, um diese Hiobsbotschaft erst einmal zu verarbeiten. Das konnte doch nicht wahr sein!

»Mrs Howard, ich danke Ihnen sehr! Sie haben mir wirklich sehr geholfen! Auf Wiederhören!«

Dann beendete Samantha das Gespräch.

»Wiederhören, Mrs ... äh ... Wie war noch der Name?«

»Das darf doch nicht wahr sein!«, rief Samantha, nachdem sie den Hörer aufgelegt hatte. Dann nahm sie ihn erneut in die Hand und wählte noch einmal Michaels Nummer. Wann auch immer er die Nachricht abhörte, sie musste ihm jetzt sagen, was sie soeben erfahren hatte. Andernfalls würde sie platzen vor Empörung, sie war sich sicher.

»Michael, ich hatte noch einmal eine unschöne Unterredung mit deinen Eltern und dieser Hutch machte so eine komische Andeutung ... dass das noch länger dauern würde mit der Renovierung. Ich habe daraufhin mal ein wenig recherchiert. Ihr eigener Telefonanschluss in Jaywick ist tot. Ich habe aber gerade mit der Nachbarin der beiden gesprochen, und stell dir vor, Muriel und Hutch sind abgebrannt – im wahrsten Sinne des Wortes! Sie haben kein Haus mehr und keine Habe. Und es findet gar keine Renovierung statt, weil sie gar kein Geld dafür haben. Sie haben also schon wieder gelogen und dieser Hutch raucht hier munter weiter, obwohl deswegen ...«

Vielen Dank für Ihren Anruf!

20

Zum wiederholten Mal brummte es rhythmisch in Michaels Hosentasche. Er griff hinein und legte sein Handy, auf dem Samanthas Bild hektisch blinkte, vor sich auf die Theke neben seinen Zimmerschlüssel.

Und wenn er nun einfach dranginge und ihr alles erzählte? Und wenn sie es ihm aber übelnahm und nie verzeihen konnte? Wenn sie ihn dann für einen Feigling hielt?

Als das Vibrieren aufgehört hatte, stand auf dem Display: *4 entgangene Anrufe in Abwesenheit – 1 neue Sprachnachricht.*

Er hatte zu lang gewartet.

»Entschuldige bitte, mein Liebling ... ach, Sammy ...«, sagte er mit Tränen in den Augen.

Michael leerte die Whiskyflasche in sein Glas. Er fühlte sich plötzlich so einsam. Wie gern hätte er sich in diesem Moment Samantha anvertraut!

Wie schade! Samantha legte enttäuscht den Hörer auf. Nun wurde es wirklich Zeit, dass Michael sich endlich meldete. Die Veranstaltung musste doch eigentlich schon seit einer Stunde vorbei sein.

Aber wenigstens Roberta konnte sie die Neuigkeiten persönlich erzählen. Vielleicht war sie ja schon wieder aus dem Waisenhaus zurückgekehrt.

Samantha befestigte ihren neuen Schlüssel an einem Band, das sie sich um den Hals legte, und ging hinüber in Robertas Wohnung.

Die alte Dame war noch nicht wiedergekommen. Colin war allein in der kleinen Suite. Er schlief noch immer seelenruhig in seinem Behelfsbettchen auf Robertas gemütlichem Sofa.

Wie friedlich er jetzt wieder aussah! Die hektische Röte seines Gesichts war einer rosigen Blässe gewichen und Samantha spürte die Ruhe, die von ihrem kleinen Schatz ausstrahlte.

Bis Roberta zurückkam, musste Samantha ihre Neuigkeiten eben noch bei sich behalten – wenn es ihr auch schwerfiel.

Sie setzte sich in den Sessel, nahm die Wasserkaraffe vom Tisch und goss sich ein Glas ein.

Das war eine der Neuerungen, die Samantha bei ihrem Einzug auf Cardington Manor eingeführt hatte und sie freute sich täglich aufs Neue darüber.

Jeden Morgen wurden solche frisch befüllten Wasserkrüge in sämtlichen bewohnten Räumen des Anwesens aufgestellt. So konnte man jederzeit etwas trinken, was in der Weitläufigkeit des Hauses sonst nur mit weiten Wegen oder mit großem Personalaufwand möglich war.

Meistens jedoch war in der Vergangenheit aus Bequemlichkeit darauf verzichtet worden.

Samantha lehnte sich in ihrem Ohrensessel zurück und griff zur erstbesten Lektüre auf dem kleinen Beistelltischchen. Das war die letzte Ausgabe von *The Beauty of Nature*.

Samantha freute sich darauf, denn dieses Heft kannte sie noch nicht. Die Gelegenheiten zum unbeschwerten Lesen waren doch sehr selten geworden in den letzten Monaten.

Sie überflog das Inhaltsverzeichnis und hielt plötzlich inne und lächelte. Die Erinnerung daran, wie sie auf diese Weise im vergangenen Sommer von den *Gartenprachttagen auf Scotney Castle* erfahren hatte, breitete sich mit einer warmen Empfindung in ihr aus. Das war ihre zweite Begegnung mit Michael gewesen. Alles, was darauf folgte, war zur Geschichte ihrer Liebe geworden.

Samantha seufzte glücklich. Sie zog ihr Handy aus der Hosentasche und tippte Michaels Nummer ein.

Als schon wieder nur der Ansagetext des Anrufbeantworters ertönte, warf sie das kleine Telefon mit einer lässigen Bewegung auf den Tisch. In diesem Moment fühlte sich Samantha wie eine Seemannsbraut, die sich in unendlicher Geduld zu üben hatte, bis ihr Geliebter wieder in den Heimathafen einlief.

Um keine schlechte Laune aufkommen zu lassen, vertiefte sie sich erneut in die prächtigen Gartenaufnahmen und die hübschen Landschaften, die in dem Magazin vorgestellt wurden. Diese Schlossgärten waren schon überaus sehenswert! Man bekam sofort Lust hinzufahren.

Samantha ließ sich auf das Gedankenspiel ein, wie es denn eigentlich wäre, wenn sie auf Cardington Manor ebenfalls eine alljährliche Rosenausstellung betreiben würden. Sie hatte auch schon eine Vorstellung, wo auf dem weitläufigen Gebiet sich dieses Vorhaben realisieren lassen würde: Etwa auf halber Strecke zwischen dem Gestüt und dem Waisenhaus befand sich eine sonnenbeschienene Grünfläche. Sie war malerisch gelegen, eingerahmt von alten Bäumen und Büschen, die eine besondere Gemeinsamkeit hatten. Alle blühten in Farbtönen von Weiß, Creme und Zartrosa.

Samantha fand schon immer, dass diese hellen Blütenfarben der Lichtung einen erhabenen Anschein verliehen. Seit ihrem ersten Sommer auf Cardington Manor fühlte sie sich beim Anblick dieser Wiese an Gardenien in den Knopflöchern eleganter Revers erinnert. Und an die Schleierkrautkränze auf den Köpfen der Bräute und Brautjungfern. Samantha hatte dieses prächtige Stück Garten deshalb immer *die Hochzeitswiese* genannt.

Sie blätterte sich durch die Zeitschrift, nahm jedoch kaum wahr, was ihr dargeboten wurde. Die Idee einer eigenen Rosenschau hatte sich bereits in ihren Gedanken festgesetzt und Samantha arbeitete schon mit Begeisterung die Einzelheiten des Projekts aus.

Sie kehrte erst in die Gegenwart zurück, als sie ein Bild ihres Mannes sah.

Wie gut er aussieht, mein Michael!

In dieser Ausgabe von *The Beauty of Nature* gab er den Lesern Tipps für die Bepflanzung ihrer Teiche, Seen und Bachläufe.

Von einer erneuten Sehnsuchtsattacke überwältigt, griff Samantha wieder zu ihrem Telefon und drückte auf Wahlwiederholung. Sie hatte Michael doch so vieles zu erzählen. Diesmal würde er bestimmt rangehen.

21

Zum ersten Mal an diesem Nachmittag sah sich Michael in der Hotelbar um. Seine Augen streiften die Spiegelfläche an der Wand hinter dem Tresen, wo hochprozentige Getränke aufgereiht und beleuchtet waren wie lauter bunte Edelsteine. Sein starrer Blick blieb kurz an dem älteren Barmann hängen, der ihn mitleidig ansah.

Etwas verschwommen nahm Michael in der Reflexion des Spiegels nun sein eigenes Gesicht wahr und erhob sein Glas. »Prost ... du Feigling!«

Er drehte sich auf seinem Barhocker herum und blinzelte in den verdunkelten Raum hinein, auf der Suche nach Leidensgenossen und Mittrinkern.

»Auf alle Versager ... dieser verkommenen Welt!«

»Ach hier steckst du! Das hätte ich mir ja gleich denken können.«

Eine auffallend schöne junge Frau mit wallender, dunkelroter Lockenpracht bestieg trotz ihres engen weinroten Minikleids mondän den Barhocker neben Michael.

»Mit wem sprichst du da eigentlich? Es ist kein Mensch hier – du bist der einzige Gast«, sagte sie kühl und hauchte Michael einen flüchtigen, dunkelroten Kuss auf die Wange. Dann wandte sie sich an den graumelierten Herrn hinter der Theke, der erst dadurch merkte, dass er die Dame die ganze Zeit angestarrt hatte, als wäre sie eine Erscheinung: »Ein Glas Champagner, bitte und für meinen Freund noch einen kleinen Schluck von was auch immer!«

»Sehr gerne, Miss McGregor! Mit großem Vergnügen«, sagte der Barkeeper mit einem verlegenen Lächeln. Eine ganze Weile hatte er ein einziges Cocktailglas poliert, weil er beim Anblick dieser Schönheit völlig vergessen hatte, was er gerade tat. Er bedachte Michael mit einem kritischen Seitenblick.

»Aber sind Sie wirklich sicher, dass Ihr Freund noch einen Drink verträgt?«

Dass der Barmann sie erkannt hatte, quittierte die Dame ihrem aufmerksamen Verehrer mit einem bezaubernden Strahlen. Dann sah sie zu Michael hinüber.

Er starrte sie aus glasigen Augen verwundert an.

Erst jetzt registrierte sie die leere Whiskyflasche und schüttelte irritiert ihren hübschen Kopf.

»Sie haben recht. Dann nur den Champagner, bitte!«

»Hazel ... was machst ... du denn hier?«, stammelte Michael undeutlich.

»Nach dir sehen, mein Lieber. Ich habe mich doch sehr gewundert, wohin du so plötzlich verschwunden bist. Ausgerechnet in dem Moment, als mein Vater seinen Werbeetat für das Heft kundtun wollte. Die haben vielleicht alle geschaut, als du mittendrin plötzlich den Saal verlassen hast!« Sie kicherte.

»Ich musste dringend mal raus ... und dann bekam ich eine Nachricht ...«

»Ich hatte irgendwann auch keine Lust mehr auf diese alten Säcke.« Sie legte ihre zierliche Hand auf Michaels Unterarm und lächelte ihn an. »Und dann habe ich dich eben gesucht.«

Michael hatte Hazel als Tochter eines reichen Londoner Möbelfabrikanten kennengelernt, der ihn im Jahr zuvor mit der umfangreichen Umgestaltung der Gartenanlagen seines Anwesens beauftragt hatte. Neuerdings fungierte Ian McGregor auch als einer der größten Werbekunden bei *The Beauty of Nature*, wo er seine Bio-Möbel-Linie bewarb.

Seine bildschöne Tochter galt als eine der begehrtesten

jungen Frauen Englands: eine schillernde Society-Lady und Stil-Ikone der Klatsch-Gazetten.

»Sag mal, was tust du hier eigentlich?«, fragte sie. »Und wieso betrinkst du dich in aller Stille? Ist es vielleicht doch nicht so schön, verheiratet zu sein und Familie zu haben? Oder hast du am Ende einfach nur falsch gewählt?«

Sie zwinkerte ihm mit einem boshaften Lächeln zu.

Hazel McGregor hatte es bis zu diesem Tag nicht verwunden, dass Michael Tomlinson nicht an ihr interessiert gewesen war, weil er bereits verliebt war.

Statt darauf zu antworten, sagte Michael: »Hazel ... entschuldige ... ich muss mal raus.«

Er rutschte etwas unbeholfen von seinem Barhocker herunter und bewegte sich schwankend in die Richtung der Waschräume.

Im selben Augenblick fing Michaels Smartphone auf der Theke schon wieder an, zu vibrieren und schon wieder blinkte Samanthas Bild – bereits zum zweiten Mal, seit Hazel zu Michael in die Lounge gekommen war.

Hazel griff nach dem Telefon und überlegte einen Moment. Nach einer Streichbewegung über das Display hielt sie sich das Handy ans Ohr und flüsterte kichernd hinein: »Hallo? Michael ist leider gerade verhindert ...«

Dann schaltete sie das lästige Ding einfach aus und ließ es unauffällig in ihre Handtasche gleiten.

Diese Situation war ganz nach Hazel McGregors Geschmack. Mit ihrer perfekt manikürten Rechten spielte sie an der feucht beschlagenen Champagnerflöte vor ihr auf dem Tresen herum. Als sie einen Schluck des prickelnden kalten Getränks nahm, breitete sich auf ihrem makellosen Porzellangesicht ein genüssliches Lächeln aus.

»Rache ist eine Delikatesse, die man eiskalt genießen sollte«, sagte sie ins Halbdunkel der Bar.

Erst vergangenen Sommer hatte ihr Michael Tomlinson noch einen Korb gegeben. Das war an dem Tag gewesen, als sie diese dämliche Gartenschau in *Scotney Castle* hatte eröffnen sollen. Michael hatte sie in aller Öffentlichkeit abserviert und buchstäblich im Regen stehen lassen. Und das, nachdem sie ihn gerade auf der Veranstaltungsbühne dem johlenden Publikum als ihren Freund und Begleiter präsentiert hatte. Es war doch zu peinlich gewesen, wie sie ihn nach diesem heftigen Gewitter überall gesucht hatte. Nach einer ganzen Weile hatte sie dann feststellen müssen, dass Michael einfach weggefahren war – ohne sie und ohne ein Wort.

Was für eine Demütigung! Angeblich hatte Michael sich schon Wochen zuvor in eine Freundin von ihr verliebt, in Samantha Cardington. Diese Frau war die ehemalige Lady Charles Cardington und zufällig ebenfalls auf dieser Veranstaltung. Hazel hatte in ihrer Gutherzigkeit auch noch gemeint, Michael und Samantha einander vorstellen zu müssen. Und die beiden hatten prompt so getan, als würden sie sich zum allerersten Mal begegnen.

Diese ganze Farce entpuppte sich als einfach nur lächerlich und blamabel. Alle Männer Englands waren schließlich nach ihr verrückt, der bildschönen und engelsgleichen Hazel McGregor!

Ein zweites Mal sollte Michael Tomlinson ihr nicht entgehen – ob er nun inzwischen mit dieser Samantha verheiratet war oder nicht. Und wenn auch nur für eine einzige Nacht. Für Hazel war Michael noch immer eine echte Trophäe.

Mit einem hinreißenden Lächeln aus veilchenblauen Katzenaugen sagte sie zu ihrem neuen Verehrer hinter der Theke: »Er wird für alles bezahlen!«

Sie nahm Michaels Zimmerschlüssel, ohne ihren sinnlichen Blick von ihrem faszinierten Gegenüber abzuwenden. Dann glitt sie anmutig den Barhocker hinunter und schlenderte hinaus zu den Waschräumen.

22

Schon auf dem Korridor des Ostflügels wunderte sich Roberta Gilchrist über das Babygeschrei, das aus ihren Räumen auf den Flur drang. Es war doch Stunden her, dass sie und Samantha den Kleinen zum Schlafen hingelegt hatten. Sollten sich etwa schon wieder diese Leute Zugang verschafft haben? Das konnte doch gar nicht sein!

Sie sperrte die Tür zu ihrer Wohnung auf. Colin lag noch immer auf ihrem Sofa und brüllte sich die Seele aus dem kleinen Leib.

Roberta ließ Handtasche und Schlüssel fallen und lief zu ihm hin.

»Ja, mein kleiner Schatz! Was ist denn mit dir los?«

Sie nahm das Baby auf den Arm und drückte es ganz fest an ihre Brust.

»Bist du etwa vergessen worden? Na, so etwas!«

Sie ging ein wenig mit ihm umher und wiegte es sanft.

»Ja, wo ist denn bloß deine Mami?«

Durch die aufgezogenen Regenwolken war es ein wenig dunkel im Raum. Roberta knipste die honiggelbe Stehlampe an, die neben ihrem Leseplatz stand.

Dann erschrak sie.

Samantha saß im Sessel und starrte mit leerem Blick vor sich hin. War sie etwa eingeschlafen und gerade erst aufgewacht? Wie konnte sie denn ihr Baby überhört haben?

»Aber Samantha, Liebes, was ist denn mit dir? Hörst du nicht, dass Colin schreit? Und so wie es sich anhört, nicht erst seit ein paar Minuten! Der kleine Kerl ist schon halb am Verhungern!«

Doch Samantha reagierte nicht. Sie stierte weiter in eine unendliche Ferne, als wäre außer ihr sonst niemand im Raum.

»Samantha?« Roberta packte sie mit einer Hand an der Schulter und schüttelte sie. »Jetzt komm zu dir! Was ist denn bloß los?«, sagte die alte Dame in schroffem Tonfall und bereute es im nächsten Moment gleich wieder.

Samantha legte ihre Hände plötzlich vors Gesicht und begann, bitterlich zu weinen. Roberta war verzweifelt, weil sie nicht wusste, wem von beiden – Mutter oder Kind – sie zuerst helfen sollte.

Sie goss Wasser in ein Glas und reichte es Samantha.

»Jetzt trink erst mal ein Glas Wasser! Das beruhigt und ist gut für die Milch.«

Samantha nahm es mit tränennassem Gesicht und trank es gierig leer. Sie merkte erst jetzt, wie durstig sie war.

»Samantha, Liebes, bitte, du musst jetzt Colin etwas geben und danach reden wir über alles in Ruhe, ja? Du brauchst auch nicht aufzustehen. Mach einfach deine Bluse auf und ich bringe ihn dir.«

Irgendwie waren Robertas Worte zu der jungen Mutter durchgedrungen, denn sie tat plötzlich, wozu sie angehalten wurde.

Roberta betrachtete die beiden und dachte an Picassos Gemälde *Die stillende Frau*.

Es war ein so friedliches Bild.

Doch Roberta spürte, dass etwas sehr Schlimmes passiert sein musste, aber sie wusste nicht, wie sie danach fragen sollte. Oder konnte es sein, dass sie sich täuschte und die junge Mutter nur eine verspätete Wochenbettdepression hatte?

Kurze Zeit später erlebte die alte Dame eine Überraschung: Als Colin endlich satt und zufrieden war, stand

Samantha plötzlich mit ihm auf und ging zur Wohnungstür.

»Der junge Mann braucht jetzt dringend eine frische Windel«, sagte sie. »Kommst du mit rüber? Ich bin das Aufsperren der Türen noch nicht so gewöhnt.«

Roberta glaubte, sich verhört zu haben. Kein Wort über Samanthas Kummer. Kein Wort über ihr merkwürdiges Verhalten. Da stimmte doch etwas nicht! Aber sie wollte sie jetzt auf keinen Fall allein lassen.

»Natürlich, meine Liebe«, sagte sie und sperrte hinter ihr ab.

Schweigend gingen sie hinüber in den Westflügel des Hauses. Als sie dort angekommen waren, schloss Roberta Mutter und Kind das Spielzimmer auf, in dem sich auch die Wickelkommode befand.

Roberta überlegte, ob es möglicherweise wirklich das Beste wäre, einfach so zu tun, als wäre ihr nichts an Samanthas Verhalten aufgefallen. Vielleicht wäre es für die junge Frau so leichter, irgendwann über das zu sprechen, was ihr auf dem Herzen lag. Schließlich waren sie ja nicht wirklich Mutter und Tochter und sie wollte sich auch nicht überstülpen.

»Gibt es übrigens etwas Neues von diesen Leuten?«, fragte Roberta deshalb so unbefangen wie möglich, als sie Samantha einen frischen Strampelanzug reichte.

»Allerdings! Die beiden haben uns nach Strich und Faden belogen! Die ganze Zeit!«

»Oh je! Woher weißt du denn das? Haben die das etwa von sich aus zugegeben?«

»Nein, natürlich nicht. Aber sie haben so komische Andeutungen gemacht und die ließen mich stutzig werden. Ich habe dann zum Telefon gegriffen und ein wenig recherchiert. Die beiden sind im wahrsten Sinn des Wortes abgebrannt! Es gibt kein Haus mehr, in das sie zurückkehren könnten.«

»Um Gottes willen! Was ist denn das für eine üble Geschichte! Das ist ja, als würde man eine Schlange am Busen nähren!«

Samantha legte Colin in seine Wiege und zog den Schleier schützend davor.

»Ja, es ist einfach unglaublich mit diesen Leuten«, sagte sie und gähnte. »Ich bin irgendwie sehr müde. Ich denke, ich werde heute früh schlafen gehen. Am besten, ich lege mich jetzt gleich mit Colin zusammen hin«

»Ja, mach das, meine Liebe! Soll ich dir vielleicht später dein Abendessen hochbringen?«

Als Samantha dankend verneinte, sagte Roberta noch:

»Na ja, wenn ich sonst irgendetwas für dich tun kann, lass es mich bitte wissen. Ich bin in meiner Wohnung.«

Roberta ging hinaus und verschloss die Tür.

Samanthas Verhalten war doch irgendwie seltsam gewesen. Musste sie sich Sorgen machen?

Roberta überlegte einen Moment, ob sie mit Dr. Mortimer wegen Samantha sprechen sollte, doch sie entschied sich dagegen. Schließlich war Samantha kein kleines Kind mehr. Sie bedurfte ihrer Fürsprache nicht.

Aber vielleicht wusste Michael ja, was mit seiner Frau los war.

Die alte Dame ging zurück in ihre Wohnung und wählte Michaels Handynummer.

Dieser Anschluss ist vorübergehend nicht erreichbar.

23

Eine filigrane Hand mit dunkelrot lackierten Fingernägeln drückte auf den Knopf mit der Nummer 7. Mit einem gedämpften Geräusch schoben sich die beiden Hälften der Aufzugtür zusammen und die Kabine setzte sich in Bewegung.

»Oh, Gott!« Michael Tomlinson verlor den Halt und strauchelte, während sein Magen der Schwerkraft folgte.

»Keine Angst, mein lieber Michael! Ich bin ja bei dir! Da kann dir gar nichts passieren«, sagte Hazel McGregor zuckersüß und schlang die Arme in Bauchhöhe um ihren Begleiter. Dann schmiegte sie sich eng an ihn und hielt ihn ganz fest.

»Spürst du, dass ich bei dir bin und auf dich aufpasse?«, flüsterte sie in Michaels Ohr und küsste dabei zärtlich seinen Hals.

»Ja ... du bist eine gute Freundin, Hazel ... du passt auf mich auf ...«

»Ja, und nicht nur das. Deine gute Freundin Hazel bringt dich jetzt sogar ins Bett. Wie würde dir denn das gefallen?«

»Fein ... das ist nett von dir ...«

Die Tür des Aufzugs öffnete sich beinahe geräuschlos und entließ die beiden Fahrgäste auf den schummrigen Korridor der siebten Etage.

Hazel hielt Michael untergehakt und sah auf seinen Zimmerschlüssel wegen der Nummer. Sie orientierte sich an den dezenten Wegweisern an den Wänden und bugsierte ihre hilflose Trophäe in die entsprechende Richtung.

Als sie vor der Tür von Zimmer 712 standen, schloss Hazel auf und schob Michael hinein.

Der betrunkene Mann steuerte schwankend sein Bett an und setzte sich umständlich auf die Bettkante.

Hazel schloss die Tür und stellte ihre elegante Handtasche auf einem Marmorsims in der Garderobe ab.

Michael vergrub sein Gesicht in den Händen.

»Mann, bin ich fertig ... ich glaub, ich hab ein kleines bisschen zu viel erwischt ...«

»Das ist doch gar nicht schlimm. Ich bin ja bei dir. Wir werden es dir jetzt ein bisschen bequemer machen.«

Hazel ging vor Michael in die Hocke und öffnete seine Hose. Dann schob sie sein Hemd hoch und knöpfte es auf.

»Du solltest dich gleich ein wenig hinlegen, mein Schatz«, sagte sie, während sie seine nackte Brust genüsslich mit Küssen aus leicht geöffneten, weichen Lippen bedeckte.

Sie zog ihm das Hemd aus und beförderte Michael mit einem sanften Schubs in die Horizontale.

Hazel jubilierte im Stillen. Diese Situation erregte sie sehr, und Michael Tomlinson gefiel ihr noch immer so gut wie bei ihrer ersten Begegnung. Und endlich hatte sie ihn nun da, wo sie ihn schon von Anfang an hatte haben wollen: im Bett.

Sie fuhr fort mit der Erkundung seines Oberkörpers, indem sie mit der Zunge über seinen Bauch leckte. Ohne damit aufzuhören, bewegte sie sich sanft wie eine Katze immer weiter abwärts in die Richtung seiner Lenden. Gleichzeitig schob sie ihm die Hose samt Boxershorts herunter bis zu den Knöcheln.

»Hazel, was machst du da? Das ist schön ...«, sagte Michael, der mit geschlossenen Augen dalag und selig vor sich hin lächelte.

»Deine Freundin Hazel bringt dich jetzt ganz behutsam ins Bett und sorgt dafür, dass es dir gut geht und dass du etwas Wunderschönes träumst.«

Ohne dass ihr schier unermüdlicher Mund von Michael abließ, streifte sie ihm noch die Schuhe ab und zog ihm die Hosen aus.

Wenn das Samantha sehen könnte!

Hazel war aufgestanden und betrachtete ihr wehrloses Opfer eine Weile voller Genugtuung und Stolz. Michael Tomlinson war ihr nun ausgeliefert. Er lag wie ein hingegossener Adonis vor ihr. Sie hatte ihn so weit, dass sie ihn nach allen Regeln ihrer Kunst verführen konnte.

Und Hazel war höchst begierig auf eine unvergesslich heiße Nacht. Für ihren Geschmack war ihr Liebhaber zwar noch nicht genug in Stimmung, aber das würde sich sehr bald ändern, sie war sich ganz sicher.

Hazel holte rasch ihre Handtasche aus der Garderobe und huschte ins Badezimmer. Sie wollte sich ein wenig frisch machen.

In der gleißend hellen Beleuchtung stand sie vor einer bodenlangen Spiegelfläche. Ihre lodernde Haarpracht stellte einen reizvollen Kontrast zu den matt dunkelgrauen Steinwänden dar. Mit ihren leuchtenden Augen und den erröteten Wangen sah Hazel aus wie eine voll erblühte Rose, die bereit war, bestäubt zu werden. Die aufgewühlte junge Frau entledigte sich ihres hautengen Minikleides, indem sie es sich einfach über den Kopf zog. Die samtige Haut, die darunter zum Vorschein kam, schimmerte wie cremiges Vanilleeis, zart und schmelzend. Hazels makellose Formen waren jetzt nur noch von winzigen dunkelroten Dessous geschmückt, die mehr zeigten als sie verbargen. Ansonsten trug sie nur noch ihren eleganten Schmuck, die wertvolle Armbanduhr und hochhackige schwarze Schuhe.

Für diesen Anblick würden ihr Herrenmagazine ein mehrstelliges Vermögen bezahlen, das wusste sie. Entsprechende Angebote lagen ihr vor, interessierten sie je-

doch nicht. Geld hatte sie schließlich genug.
Michael bekam ihn umsonst und exklusiv.
Hazel öffnete ihre Handtasche und holte einen Lippenstift mit schwarz glänzender Hülle hervor. Sie zog die Schutzkappe ab, an deren Oberseite verschlungen die Buchstaben *CC* angebracht waren, und lächelte ihrem Spiegelbild maliziös entgegen.
Man möchte doch schließlich in Erinnerung bleiben!
Als Hazel kurz darauf das Badezimmer wieder verließ, lag Michael noch genau so da, wie sie ihn zurückgelassen hatte.
Sie beugte sich zu ihm herab und bewegte sich dann geschmeidig wie eine hungrige Raubkatze auf allen vieren über ihre halb bewusstlose Beute.

24

Am frühen Morgen betrat Henderson die geräumige Küche, die direkt neben seiner Butlerwohnung lag. Er war erleichtert, dass er seine Dienstherrin am großen Küchentisch antraf, denn er suchte sie ungern oben in ihren Privaträumen auf. Seit der Geburt des Babys war es dem alten Herrn noch unangenehmer geworden, dort gelegentlich in intime Situationen hineinplatzen zu müssen. Besonders wenn es sich um unerquickliche Vorfälle im Haus handelte, die keinen Aufschub duldeten. Und um so einen ging es gerade.

Samantha saß über eine dampfende Tasse Tee gebeugt.

In der vergangenen Nacht hatte sie so gut wie kein Auge zugemacht. Sie hatte sich dauernd bildlich vorgestellt, wie Michael sie mit dieser anderen Frau betrog.

Es war ein einziger Albtraum gewesen.

Samanthas Blick schien in die unendlichen Tiefen der Tischplatte versunken zu sein. Sie dachte angestrengt darüber nach, ob sie womöglich schon wieder vor den Trümmern ihres Lebens stand. Dass Henderson sie wegen eines dringenden Anliegens sprechen musste, bemerkte sie erst nach seinem dritten Räuspern.

Sie blickte auf, wie aus weiter Ferne zurückgekehrt und sagte: »Ja, bitte Henderson! Was gibt es denn?«

»Verzeihen Sie bitte, Mylady ... äh, Mrs Tomlinson, meine ich natürlich! Ich bitte noch einmal um Verzeihung für diesen Lapsus, aber ...«

»Das macht doch nichts, Henderson! Wenn man bedenkt, wie lange Sie bereits auf Cardington Manor leben und arbeiten, ist es doch eher verwunderlich, dass Sie sich bisher noch nicht ein einziges Mal versprochen haben, seit ich Mrs Tomlinson bin.«

Vielleicht werde ich es auch nicht mehr lange sein, wer weiß? Dieser traurige Gedanke schnitt sich in Samanthas Aufmerksamkeit, ohne dass sie ihn verhindern konnte.

»Es ist etwas vorgefallen, was in diesem Haus noch nie vorgekommen ist und es ist mir deshalb äußerst unangenehm, Sie davon in Kenntnis setzen zu müssen. Besonders da diese Angelegenheit auch meine Person in ein schlechtes Licht setzt.«

»Henderson, wovon sprechen Sie? Bitte erzählen Sie doch einfach ohne lange Vorreden!«, sagte Samantha besorgt, doch eigentlich kam ihr diese gedankliche Ablenkung sehr gelegen.

»Ich muss Ihnen leider mitteilen, Mrs Tomlinson, dass hier im Haus eingebrochen wurde.«

»Was sagen Sie da, Henderson? Um Gottes willen! Davon habe ich ja gar nichts bemerkt!«

»Genauer gesagt wurde nur in den Weinkeller des Hauses eingebrochen.«

»In den Weinkeller?«

Samantha war überrascht. »Wurde etwas gestohlen?«

»Ja. Bedauerlicherweise wurden ein paar sehr wertvolle Flaschen entwendet, die noch zu Lebzeiten von Lord Charles' Großeltern eingelagert worden sind.«

»Oh, nein! Wie schade! Und Sie sind sich sicher, dass es sich um diese alten Weine handelt? Ich meine, es ist ja fast wie in einem Labyrinth dort unten.«

»Bedauerlicherweise bin ich mir ganz sicher. Lord Edward Cardington und Lady Alicia waren meine ersten Dienstherren. Sie legten damals den Grundstein dieser erlesenen Sammlung. Das waren kostbarste Weine aus den Gütern von Baron Rothschild, mit dessen Familie die Herrschaften eine enge Freundschaft pflegten. Zu dieser Zeit erhielten wir regelmäßig Lieferungen aus dem

Médoc, die wir im Hafen von Dover abholen lassen mussten. Und ich hatte sogar die Ehre, persönlich zugegen zu sein, als dieses Kellerabteil angelegt wurde. Es bekam eine schmiedeeiserne vergitterte Tür angepasst und den Schlüssel dafür erhielt ich. Das war vor ungefähr 40 Jahren.«

»Oh, mein Gott, Henderson, das ist ja furchtbar schade. Wie haben Sie denn den Diebstahl überhaupt entdeckt? In den Weinkeller müssen Sie seit Charles' Tod doch nur noch ganz selten hinunter.«

»Heute am frühen Morgen bei meinem allwöchentlichen Rundgang durch die sämtlichen Räume des Anwesens habe ich die Entdeckung gemacht. Zunächst war es mir gar nicht aufgefallen, weil ich die Tür tadellos verschlossen vorfand. Erst auf dem Rückweg zur Kellertür, als mein Blick auf die leeren Tonzylinder fiel, war ich doch sehr erstaunt und habe genauer nachgesehen.«

»Also muss das in der letzten Woche passiert sein ... Wie gut, dass Sie so überaus umsichtig sind, mein lieber Henderson!«

»Danke, Mrs Tomlinson! Doch ich fürchte, dieser Einbruch wirft auch ein ungünstiges Licht auf meine Person.«

»Aber, Henderson, wie kommen Sie denn auf so etwas?«

»Die Gittertür wurde nicht aufgebrochen, Mrs Tomlinson, und der einzige Schlüssel dafür ist dieser hier.«

Der Butler legte einen alten, kunstvoll geschmiedeten Schlüssel vor Samantha auf den Tisch.

»Aber das ist doch lächerlich! Kein Mensch auf Erden würde je auf die Idee kommen, Sie zu verdächtigen!«

Samantha lachte.

Nach einer Weile sagte sie: »Ich denke, wir wissen beide, wer das war, Henderson, nicht wahr?«

»Es steht mir nicht zu, Ihre Gäste zu verdächtigen«,

sagte der alte Butler und räumte damit gleichzeitig ein, dass er es natürlich ebenso hielt und so dachte.

»Gäste!« Samantha verdreht die Augen. »Ich warte nur noch darauf, dass mein Mann endlich nach Hause kommt und dieser Heimsuchung ein Ende bereitet.«

»Ich verstehe.«

»Ist Ihnen denn irgendetwas aufgefallen? Ich meine, haben Sie diese Leute in der Nähe der Kellertür gesehen? Oder gar herauskommen sehen? Also, nicht dass mich das überraschen würde nach dem gestrigen Eindringen in unsere Privaträume.«

»Nein, das nicht.«

Henderson überlegte eine Weile, bevor er fortfuhr:

»Das Einzige, was mir in den letzten Tagen merkwürdig vorkam und das ich mir bis gerade eben nicht erklären konnte, war, dass ich den beiden Herrschaften an jedem der letzten Tage ein Taxi rufen musste. Und zwar immer gerade dann, wenn Sie noch oben mit dem Kleinen beschäftigt waren oder gerade ins Waisenhaus gegangen waren.«

»Ach, ja? Das ist ja eine interessante Beobachtung, die Sie da gemacht haben, Henderson!«

»Ich muss gestehen, ich habe mich jedes Mal gefragt, was die beiden Herrschaften wohl Schweres in ihrem Koffer zu transportieren hatten.«

»Ich denke, das dürfte sich inzwischen aufgeklärt haben«, sagte Samantha mit einem empörten Kopfschütteln.

»Wie viele Flaschen fehlen denn eigentlich?«

»Dreiundzwanzig Flaschen, wenn ich richtig gezählt habe.«

»Das wird ja immer besser mit diesen Leuten! Ich hoffe inständig, dass mein Mann bald nach Hause kommt!«

»Was wünschen Sie, dass ich so lange in dieser unerquicklichen Angelegenheit unternehmen soll, Mrs Tomlinson? Möchten Sie vielleicht, dass ich die Polizei rufe?

Oder soll ich die Herrschaften mit den Vorwürfen konfrontieren?«

»Weder noch, Henderson, danke! Das möchte ich Ihnen gar nicht zumuten. Ich werde auch nichts unternehmen. Dazu fehlt mir im Augenblick die Kraft. Lassen Sie uns mit weiteren Schritten auf meinen Mann warten. Vielleicht bestellen Sie diesen *Herrschaften* einfach in Zukunft kein Taxi mehr, dann können wir den Schaden wenigstens begrenzen.«

»Sehr wohl, Mrs Tomlinson, nur ... Im Augenblick sind sie gerade wieder in einem unterwegs.«

25

Als Michael erwachte, fühlte sich sein Kopf seltsam schwer an. Konnte das daran liegen, dass er die Angewohnheit hatte, in Bauchlage und unter seinem Kissen zu schlafen?

Mit noch geschlossenen Augen tastete er hinüber in die andere Betthälfte. Sie war schon leer. Bestimmt war Samantha gerade im Kinderzimmer bei Colin ... andererseits hatte er den Kleinen gar nicht schreien hören.

Seine Hand berührte ein raues, kleines Stück irgendeines Gewebes. Er griff danach und rieb es zwischen seinen Fingern, was ein knisterndes Geräusch erzeugte.

An diesem Morgen war irgendwie alles seltsam.

Dann setzte mit einem Mal die Erinnerung ein und Michael fuhr ein eisiger Schauer den Rücken hinunter.

Er riss sich das Kissen vom Kopf und nahm erst jetzt die fremde Umgebung wahr: sein Hotelzimmer in London. Michael lehnte sich ans Kopfteil des Bettes und merkte sehr deutlich, dass seine Benommenheit nichts mit seinen Schlafgewohnheiten zu tun hatte. Sein Schädel brummte wie nach einer Gehirnerschütterung.

Verdammt! Wie konnte ich nur so abstürzen?

Er knipste die Nachttischlampe an. In seiner Hand hielt er noch immer das kleine, raschelnde Stück Stoff. Als er das bemerkte, entfaltete sich vor seinen erstaunten Augen ein winziges Damenhöschen. Vielmehr war es ein duftiges Nichts aus dunkelroter Spitze, kaum tauglich, irgendetwas zu bedecken.

Entsetzt warf er es zurück in die leere Betthälfte.

Das gehörte nicht seiner Samantha.

Was zum Teufel ...?
Michael stand ruckartig auf, schneller als es ihm guttat. Sein Kopf fühlte sich an wie ein riesiger Brummkreisel, eine ungute Kombination aus Dröhnen und Drehen.

Bis es schwächer wurde, hielt er sich an einer Konsole fest. Dann bewegte er sich langsam ins Badezimmer. Bei jedem Aufsetzen seiner Fersen auf den Boden donnerte es in seinem Schädel wie in einer Pauke.

Dieser verfluchte Whisky!
Die gleißend hell aufflackernde Badbeleuchtung verbesserte seinen Zustand überhaupt nicht. Michael zog es vor, die Augen zu schließen, bis er sich an das Licht gewöhnt hatte. Als er sie dann vorsichtig wieder öffnete und in den Spiegel sah, traf ihn fast der Schlag.

Ein riesiges Herz war mit dunkelrotem Lippenstift darauf gemalt und rahmte sein aschfahles Gesicht auf groteske Weise ein.

Langsam dämmerte es Michael, was das alles zu bedeuten hatte. Als er es begriffen hatte, rebellierte sein Magen und er übergab sich in die Toilettenschüssel.

Unter die Dusche versuchte er, ein wenig Klarheit in seinen dumpfen Schädel zu bringen.

Konnte es wirklich sein, dass er die Nacht mit einer anderen Frau verbracht hatte? Samantha zu betrügen, war doch eigentlich das Letzte, was er wollte. Er konnte es sich nicht vorstellen. Vor allem, mit wem hätte er das tun sollen?

Die Antwort auf diese Frage erhielt Michael schneller, als ihm lieb war. Als er wieder hinaustrat in den Flur, traf sein Blick auf einen Block mit Schreibpapier, auf dem der Briefkopf des Hotels gedruckt war.

Darauf stand mit schwungvoller Handschrift ...

Eine unvergessliche Nacht ... Das hättest Du schon viel früher haben können, Du Tier! Meine Nummer hast Du ... Kuss, H.

Oh, mein Gott! Als Michael diese Nachricht gelesen hatte, wurde ihm erneut schwindlig und er legte sich vorsichtshalber gleich auf sein Bett.

Was habe ich nur getan?

Er erinnerte sich vage an den Vortag, zuerst an diese Versammlung im Verlag. Dann während eines Vortrags die Hiobsbotschaft von Samantha, dass seine Eltern unbefugt in ihre Privaträume eingedrungen waren. Samanthas panische Worte und dieser unglaubliche Übergriff hatten eine solche Übelkeit in ihm ausgelöst, dass er die Veranstaltung fluchtartig hatte verlassen müssen.

Auf dem Weg ins Hotel war er noch fest entschlossen gewesen, sofort abzureisen, um die Dinge zu Hause wieder ins Lot zu bringen. Als er dann in der Hotelhalle an der Lounge vorbeigegangen war, hatten ihn die entspannt plätschernden Jazzklänge in ihren Bann gezogen. Und Michael hatte sich nur allzu gern von seinem Vorhaben abbringen lassen. Ohnehin hatte er in diesem Moment dringend eine Beruhigung für seinen aufgebrachten Magen gebraucht.

Plötzlich schob sich die Farbe Dunkelrot in Michaels Bewusstsein und da wusste er plötzlich, wer *H.* war:

natürlich Hazel, Hazel McGregor, die am Vortag ein weinrotes Kleid getragen hatte. Und Michael konnte sich lebhaft vorstellen, dass Hazel als anerkannte Stil-Ikone ihre Unterwäsche auf ihre Garderobe abstimmte.

Hazel war gestern ebenfalls anwesend gewesen, weil ihr Vater seit Kurzem auch mit *The Beauty of Nature* geschäftlich verbunden war.

Jetzt wusste Michael auch wieder, dass Hazel auf einmal neben ihm an der Hotelbar gesessen hatte. Er konnte sich nicht mehr daran erinnern, was danach geschehen war. Aber es war wohl eine Tatsache, an der es keinen Zweifel geben konnte, dass Hazel McGregor hier mit ihm auf seinem Zimmer gewesen war. Und wahrscheinlich hatte sie auch die ganze Nacht mit ihm verbracht.

Wie sollte er das nur Samantha beibringen, seiner Frau, die er über alles liebte, und die ...

Oh, mein Gott!

Michael sprang auf und suchte sein Telefon. Ihm war soeben eingefallen, dass er sich den ganzen gestrigen Tag nicht bei Samantha gemeldet hatte. Die Ärmste war bestimmt schon krank vor Sorge und völlig allein mit dieser unangenehmen Situation mit seinen Eltern. Sie hatte wohl bereits ein paar Mal versucht, ihn zu erreichen.

Michael erinnerte sich an eine weitere Nachricht auf der Mailbox, die er jedoch noch nicht abgehört hatte.

»Du bist wirklich ein toller Ehemann!«, schimpfte er sich selbst, während er das Hotelzimmer absuchte.

Hab ich das verflixte Ding etwa in dieser blöden Bar liegen lassen?

Nein. Er war überrascht, als er sein Handy in der linken Innentasche seines Jacketts fand. Das war deshalb ungewöhnlich, da er das Gerät dort nie hineinsteckte.

Er hatte mal irgendwo gelesen, dass man sein Funktelefon niemals in der Nähe des Herzens aufbewahren sollte, und sich immer daran gehalten.

Eigentlich trug er es immer in einer der vorderen Hosentaschen.

Er wunderte sich sehr darüber. Aber noch ungewöhnlicher war die Tatsache, dass sein Telefon ausgeschaltet war. Das tat er doch sonst nie!

Zuerst vermutete Michael, dass der Akku schon wieder leer war. Das wäre ihm ja nicht zum ersten Mal passiert. Doch als er die PIN eingegeben hatte, sah er, dass das Gerät noch sehr gut geladen war.

Es musste also jemand anderes das Handy ausgeschaltet haben. Oder konnte es sein, dass er das alles in seinem Vollrausch selbst getan hatte?

Michael setzte sich auf das Bett und hörte die Mailbox

ab. Die erste der Sprachnachrichten von Samantha kannte er ja bereits, doch die zweite erschütterte ihn noch mehr. Muriel und Hutch hatten wohl noch immer ihre miesen Tricks auf Lager. Sie hatten sich ganz offenbar kein bisschen geändert.

Und das alles passiert bei mir zu Hause, während ich mich in der Hotelbar volllaufen lasse, um danach mit Hazel McGregor ...

Michael wollte den Satz nicht zu Ende denken und er wollte es sich auch nicht vorstellen.

Doch vielmehr war es so, dass er es sich schlichtweg nicht vorstellen konnte. Er hatte Hazel nie begehrt, nicht mal, als er noch frei gewesen war und sie jederzeit hätte haben können. Ihre perfekte Barbiepuppen-Schönheit hatte ihn immer eher gelangweilt als gereizt. Also war da auch keine unterdrückte Leidenschaft gewesen, die sich nun durch den Alkohol ihren Weg gebahnt hätte.

Konnte es sein, dass Hazel das alles nur vorgetäuscht hatte? Aber weshalb sollte sie das tun?

Michael nahm sich das Haustelefon auf den Schoß. Er rief an der Rezeption an und bestellte sich Kaffee aufs Zimmer. Dann zog er sich an.

Als er mit einem Knäuel Toilettenpapier die unsägliche Schmiererei vom Spiegel abwischte, schrie er: »So eine verdammte Scheiße!«

26

Roberta klopfte kurz an Samanthas Tür und trat ein. »Da bin ich, meine Liebe. Weshalb wolltest du mich denn sprechen?«

»Das ist lieb, dass du sofort gekommen bist. Ich wollte Colin nicht alleine lassen. Er müsste demnächst aufwachen. Lass uns nach nebenan gehen!«

Sie gingen hinüber ins Wohnzimmer der Suite.

Samantha bot ihrer Freundin einen Platz auf dem Sofa an und goss Wasser in zwei Gläser.

»Jetzt bin ich aber gespannt«, sagte die alte Dame, deren Kehle sich vor Aufregung ganz ausgetrocknet anfühlte. Sie hoffte inständig darauf, endlich zu erfahren, was am Vorabend eigentlich vorgefallen war.

»Stell dir nur vor, Henderson hat mir gerade gesagt, dass in unseren Weinkeller eingebrochen worden ist.«

»Das ist doch nicht möglich!«

Roberta trank gleich noch einen weiteren Schluck.

»Wir vermuten, dass es die neuen Hausbewohner waren. Henderson musste ihnen schon ein paar Mal ein Taxi bestellen und hat sich jedes Mal gewundert, was diese Leute Schweres in ihrem Koffer zu tragen hatten. Nun, jetzt glauben wir, es zu wissen.«

»Du meinst, sie haben Wein gestohlen und dann weggebracht?« Roberta war fassungslos.

»So sieht es aus. Aber das muss Michael klären, wenn er zurückkommt. Das ist nicht meine Sache und ich möchte auch nicht, dass Henderson etwas unternimmt.«

»Haben die denn viel gestohlen?«

»Vor allem wohl die wertvollsten Flaschen. Uralte

Weinraritäten, soweit Henderson festgestellt hat.«

»Das ist ja wirklich schlimm! Kein Wunder, dass dich das so mitgenommen hat!«

»Ja. Aber das ist bei Weitem nicht das Schlimmste, was passiert ist«, sagte Samantha mit feuchten Augen. Sie setzte sich neben Roberta und wischte sich die Tränen ab.

Dann begann sie, zu erzählen: »Du hast bestimmt mitbekommen, dass ich Michael gestern mal wieder nicht erreicht habe ... nun, und jetzt weiß ich auch, warum.«

»Und zwar? Jetzt bin ich aber gespannt!«

»Nun, es gibt offenbar eine andere Frau in Michaels Leben. Also eine, von der ich weiß.«

Samantha lachte sarkastisch, als sie das sagte, und begann danach wieder zu weinen.

»Was? Aber das kann doch gar nicht sein! Du musst dich täuschen, meine Liebe!«

Roberta war es völlig unverständlich, wie Samantha nur auf so etwas kommen konnte.

»Das hätte ich bis gestern Nachmittag auch gedacht, aber dann ...«

»Was, aber dann?«

»Dann ging eine Frau an sein Telefon und sagte, dass Michael gerade verhindert wäre. Und dabei hat sie noch gelacht.«

Roberta war entsetzt und schaute sie entgeistert an.

»Das kann doch nicht sein! Doch nicht Michael! Samantha, das hast du doch geträumt!«

Die alte Dame erinnerte sich daran, wie sie Samantha am frühen Vorabend in ihrer Wohnung vorgefunden hatte. Womöglich stand die Ärmste noch immer unter dem Einfluss dieses Traums.

»Ich wünschte, es wäre so. Roberta, Michael ist nie an sein Telefon rangegangen und er hat mich auch nie zurückgerufen. Das habe ich schon sehr komisch gefunden. Gestern habe ich ihm zweimal auf die Mailbox gesprochen wegen seiner Eltern. Erst hat es ja diesen Eklat am Mittag gegeben und dann ist es am Nachmittag weitergegangen, als ich zufällig erfahren habe, dass diese Leute uns belogen haben.«

»Ja, und wie ist das alles dann weitergegangen?«

Roberta hörte ihr aufmerksam zu.

»Wieder keine Reaktion! Erst bin ich schon etwas sauer gewesen. Dann habe ich mich aber wieder beruhigt. Später habe ich ihn nur noch einmal anrufen wollen, weil ich eine sehr schöne Idee für Cardington Manor hatte. Ich habe doch wissen wollen, wie er sie findet. Und da ist dann diese Frau drangegangen und hat gesagt, Michael wäre leider verhindert.«

Roberta konnte es noch immer nicht glauben.

»Und dass du dich in der Telefonnummer geirrt hast, könnte nicht ...«

»Nein, Roberta, natürlich nicht! Es war dieselbe Nummer, wie davor auch, als sein Ansagetext kam. Ich habe nur auf die Wahlwiederholung gedrückt. Ein Irrtum ist praktisch ausgeschlossen.«

»Samantha, Liebes, ich kann mir das einfach nicht vorstellen. Du weißt, dass ich ja immer mit Menschen zu tun hatte und die meisten von ihnen richtig eingeschätzt habe. Es gibt wahrlich nicht viele Menschen, für die ich meine Hand ins Feuer legen würde, aber dein Michael gehört unbedingt dazu. Genau wie du.«

»Tja, dann hast du dich eben dieses eine Mal getäuscht.«

Samantha trank noch ein Glas Wasser.

»Samantha, ich bleibe dabei, es muss sich um einen Irrtum handeln. So etwas passt nicht zu Michael.«

»Das habe ich bis gestern Nachmittag auch gedacht. Ich bin gespannt, wie er sich herausredet aus der Sache.«

»Bestimmt gibt es eine einfache Erklärung dafür und ...«

»Also dein Vertrauen hätte ich gern! Man könnte meinen, du bist seine Mutter!«

»Ich wünschte, es wäre so. Ich hab diesen Jungen einfach gern. Ich bin jetzt schon sehr gespannt, wie sich die Sache aufklären wird.«

»Aufklären? Was soll sich da bitte aufklären? Michael hat sich mit einer anderen Frau getroffen! Und diese Frau hatte ganz offenbar Zugang zu seinem Handy und hat mich einfach weggedrückt und dabei noch gelacht! Das ist eine Tatsache und da gibt es nichts zu erklären! Für mich hat unsere Beziehung durch diese Sache auf jeden Fall einen heftigen Knacks bekommen. Und dann ist sicher auch bald alles aus. So etwas ist der Anfang vom Ende. Das weiß man doch!«

»Ach, papperlapapp, Kindchen! Weißt du nicht, dass ebendiese Schüsseln am längsten halten, die bereits einen Sprung haben?«

»Meine liebe Roberta, an dieser Redensart ist sicher etwas dran, aber ich bitte dich! Wie lang sind Michael und ich verheiratet? Findest du nicht, dass fünf Monate ein bisschen kurz ist für eine Ehe, um schon einen Sprung zu bekommen? Oder für eine Schüssel, um bei deinem Bild zu bleiben. Dann möchte ich nicht wissen, was hier nach fünf Jahren los ist! Ob hier überhaupt noch etwas los ist!«

»Das verstehe ich natürlich, aber jetzt überstürze doch bitte nichts, meine Liebe, und warte ...«

»Ich merke gerade, dass ich eine so unbändige Wut bekomme.«

Samantha war aufgestanden und lief wild gestikulierend in ihrem Wohnzimmer umher.

»Ich sitze hier mit unserem Baby und habe neuerdings auch noch seine Eltern am Hals, über die er davor noch nie ein Wort verloren hatte! Man könnte auch sagen, mein Mann hat mich schon in dieser Hinsicht belogen. Und seine Mutter und ihr Mann lügen und betrügen ebenfalls, wenn sie nur den Mund aufmachen. Die schleichen sich hier unter einem Vorwand ein und wir alle sind hier seitdem in unseren Räumen nicht mehr sicher. Wer weiß denn, was dieser Hutch da gestern Vormittag in unserer Wohnung gemacht hat? Ist er dort nur zur Toilette gegangen – worauf ich auch sehr gut hätte verzichten können – oder hat er unsere Schränke auch schon nach Wertgegenständen durchsucht? Was wissen wir denn schon über diese Leute, außer dass sie jetzt auch noch teuren Wein gestohlen haben?«

»Da hast du leider recht, aber ...«

»Roberta, ich habe Michael gestern zwei sehr ausführliche Nachrichten wegen seiner Eltern auf die Mailbox gesprochen. Glaubst du, er hätte darauf reagiert? Kein einziges Mal! Kein Anruf, keine Nachricht! Nichts! Und dann noch die Geschichte mit dieser Frau. Jetzt zähl doch mal zwei und zwei zusammen in deiner Gutgläubigkeit!«

»Samantha, Liebes, ich verstehe sehr gut, dass du so aufgebracht bist wegen dieser ganzen Vorkommnisse. Aber das passt so gar nicht zu Michael. Nicht zu dem Menschen, den ich in den letzten Monaten kennenlernen durfte.«

Samantha schnaubte daraufhin nur und bewegte sich weiter durch den Raum wie ein eingesperrtes Raubtier.

Roberta fuhr fort: »Ich glaube, meine Liebe, wir beide könnten darüber noch weitere Stunden diskutieren, ohne zu einem befriedigenden Ergebnis zu kommen. Solange du nicht mit deinem Mann darüber gesprochen hast und seine Sicht der Dinge gehört hast, ist jedes weitere Wort wohl überflüssig.«

Roberta stand auf und ging zur Tür.

»Ich gehe jetzt rüber, falls du mich brauchst«, sagte sie, als sie die Tür öffnete. »Sehen wir uns später beim Mittagessen?«

»Ich weiß nicht, ob ich auch nur einen einzigen Bissen herunterbekommen werde. Aber mit dem anderen, was du gesagt hast, hast du vermutlich recht.«

»Na, ja, wir werden sehen. Du weißt, wo du mich findest.«

»Danke, ich komme vielleicht darauf zurück.«

»Du solltest auf jeden Fall versuchen, etwas zu essen, schon wegen deines Babys. Woher sollte die Milch sonst kommen?«

Roberta lächelte ihrer verzweifelten jungen Freundin noch zu und verschloss die Tür.

27

Der Kaffee tat Michael gut. Er spürte, wie das Brummen in seinem Schädel langsam nachließ. Dann machte er es sich auf dem Bett gemütlich und rief Samantha an. Es dauerte eine Weile, bis sie sich meldete.

»Hallo, Sammy, mein Schatz«, begann Michael so unbefangen, wie es ihm möglich war.

»Tut mir leid, dass ich mich jetzt erst melde, aber gestern konnte ich einfach nicht.«

»Das muss dir doch nicht leidtun«, sagte sie unterkühlt. »Ich wusste doch Bescheid.«

»Äh ... wie meinst du das, du wusstest Bescheid?«

»Na, ja. Deine Freundin ist doch gestern Nachmittag an dein Telefon gegangen. Sie hat mich netterweise darüber informiert, dass du verhindert bist.«

»Was?« Michael schrie in den Hörer und rang nach Luft.

»Ja, ich war auch ziemlich verwundert, wie du dir sicher vorstellen kannst. Aber deine Freundin hat die Situation wohl sehr amüsiert. Sie hat dabei gelacht und mich danach einfach weggedrückt. Spätestens dann hatte auch ich kapiert, dass ich damit aufhören konnte, auf deinen Anruf zu hoffen – egal, was hier gerade los ist!«, antwortete Samantha mit aller ihr zur Verfügung stehenden Gelassenheit.

»Sie hat was ...?«

Der Schweiß brach Michael aus allen Poren.

»Dieses verdammte Miststück!«

»Nachdem du offenbar weißt, um wen es sich handelt, klär das bitte mit dieser Frau! So etwas zu erfahren ist nie schön, aber wenigstens kenne ich jetzt die Wahrheit«, sagte Samantha und legte auf.

»Samantha! Nein! Stopp!«, rief er verzweifelt und sah, dass ihr Bild auf dem Display verschwunden war.

Blitzschnell wählte er erneut ihre Nummer.

Dieser Anschluss ist vorübergehend nicht erreichbar, erklärte ihm eine freundliche Stimme.

Michaels Welt hörte in diesem Moment auf, sich zu drehen. Er starrte nur noch auf sein Telefon und spürte seinen beschleunigten Pulsschlag bis in den Hals. Sein Schädel dröhnte zum Zerbersten.

Michael wusste, dass es keinen Sinn mehr hatte zu versuchen, Samantha über die Festnetzleitung zu erreichen. Sie war zutiefst verletzt und das zurecht. Eine Kluft war entstanden zwischen ihnen. Nein, keine Kluft, vielmehr ein Abgrund, der sich für Michael gerade anfühlte wie der Grand Canyon.

Aber was das Schlimmste war: Samantha vertraute ihm nicht mehr. Es war seine eigene Schuld und doch fühlte er sich unschuldig.

Er musste es ihr nur beweisen. *Nur!* Aber wie sollte er das anstellen?

Hazel hatte sich alle Mühe gegeben, die Sache eindeutig aussehen zu lassen und sie war richtig gut darin gewesen.

Konnte er denn selbst sicher sein, dass er mit Hazel keinen Sex gehabt hatte?

Nein, das konnte er nicht.

Instinktiv sah er sich im Zimmer um. Er ließ seinen Blick über jeden einzelnen Gegenstand der Einrichtung schweifen, in der Hoffnung, sich so an irgendein Detail der vergangenen Nacht erinnern zu können. Doch es war vergeblich.

Michael dachte nach, so gründlich es sein immer noch lädierter Kopf erlaubte. Er wusste, dass es Männer gab, die unter Alkoholeinfluss anders reagierten als er.

Die immer noch Sex haben konnten, wenn bei ihm schon lange nichts mehr lief – *rien ne va plus!*

In dieser angeblichen Nacht mit Hazel wäre es tatsächlich zum ersten Mal passiert, dass er eine Erektion gehabt hätte, obwohl er so viel Alkohol getrunken hatte.

Aber das hatte Hazel nicht gewusst.

Sie konnte es gar nicht wissen.

Sicherlich wird sie es oben in seinem Hotelzimmer bemerkt und die Sache dann trotzdem irgendwie weitergetrieben haben. Und nun stand ihr Wort gegen seines.

Da kam ihm ein Gedanke.

Er zog die Vorhänge weit auf und ließ das Sonnenlicht hereinfluten. Dann schlug er die Bettdecke zurück und unterzog Kissen und Laken einer gründlichen Untersuchung. Wenn in diesem Bett wirklich eine heiße Nacht stattgefunden haben sollte, wie Hazel behauptete, dann musste es doch irgendwelche sichtbaren Beweise geben.

Das ist ja wie in einem schlechten Krimi, was ich hier mache!

Aber da war nichts. Keine Lippenstiftspur, kein Make-up-Schimmer, kein Spermafleck, kein einziges langes rotes Haar von Hazels auffälliger Mähne – nichts!

Besonders zerwühlt sah das Laken auch nicht aus, eher glatt und unbenutzt.

Michael nahm sein Smartphone und fotografierte das Bett. In Nahaufnahme und in allen Einzelheiten. Für alle Fälle.

Plötzlich hatte Michael eine Idee und griff nach dem Haustelefon.

Er musste jetzt einfach Glück haben!

Das war seine einzige Hoffnung.

28

Es war helllichter Vormittag, doch an diesem Ort gab es nicht den geringsten Anhaltspunkt auf eine Tageszeit. Hier herrschte vielmehr die ewige Nacht.

Michael schlenderte aufmerksam durch die schummrige, menschenleere Lounge des Hotels und bemühte sich, Einzelheiten des Vortags in seiner Erinnerung lebendig werden zu lassen.

Leider ohne Erfolg. Nur der Weg zur Bar kam ihm einigermaßen bekannt vor.

»Verzeihen Sie bitte! Mein Name ist Michael Tomlinson und man sagte mir, Ihr Name wäre Fred. Können Sie sich an mich erinnern?«, fragte Michael den Barkeeper.

»Natürlich erinnere ich mich an Sie, Mr Tomlinson. Aber ehrlich gesagt noch besser an Ihre atemberaubende Begleiterin. Hazel McGregor – die schönste Frau Englands! Mein Gott, war das eine Augenweide! In live war sie ja sogar noch viel schöner als in den Magazinen!«

»Womit wir schon beim Thema wären. Fred, ich sitze ziemlich in der Patsche, weil diese Frau behauptet, ich hätte die letzte Nacht ausschweifend mit ihr verbracht.«

Der Barmann lachte und sagte: »Na, Ihre Sorgen möchte ich haben! Davon träumt doch wohl jeder gesunde Mann!«

»Nicht wenn er frisch verheiratet ist, seine Frau über alles liebt und ein neugeborenes Baby zu Hause hat.«

»Ich verstehe«, sagte Fred ehrlich betroffen und sein Blick verfinsterte sich.

»Fred, Sie wissen sicher noch, dass ich gestern ziemlich viel getankt habe und ich bin jetzt auf Ihre Beobachtungsgabe und Menschenkenntnis angewiesen. Können Sie mir bitte sagen, Fred, welchen Eindruck das Ganze gestern auf Sie gemacht hat?«

Der Barkeeper schnaufte hörbar aus und überlegte einen Moment.

Dann sagte er: »Also, in einfachen Worten?«

Michael nickte. »Sie haben sich volllaufen lassen, dann kam die wunderschöne, unvergleichliche Hazel McGregor und schleppte Sie ab. So viel Glück möchte ich auch mal haben!«

»Tja, dieses Glück ist eben relativ, wie gesagt ... Haben Sie zu irgendeinem Zeitpunkt das Gefühl gehabt, dass die Annäherung von mir ausgegangen ist? Bitte, Fred, das ist jetzt ziemlich wichtig für mich!«

»Also, unter uns«, sagte Fred leise und winkte Michael vertraulich heran, »dazu waren Sie doch gar nicht mehr in der Lage! Falls doch, dann sollten Sie so fair sein und Ihren Körper schon zu Lebzeiten der Anatomie vermachen.«

Der Barkeeper lachte über seinen eigenen Witz und Michael gelang es ebenfalls, ein – wenn auch klägliches – Grinsen herzustellen.

»Das sehe ich ganz genau so wie Sie, Fred, aber die Dame behauptet das glatte Gegenteil. Sie hat angeblich eine unvergessliche Nacht mit mir erlebt und ich weiß jetzt nicht, wie ich meiner Frau beweisen kann, dass nichts stattgefunden hat.«

Fred schaute mitfühlend drein und fragte: »Darf ich Ihnen vielleicht etwas zu trinken anbieten, Mr Tomlinson?«

Michael griff sich mit einem leisen Stöhnen an den Kopf und antwortete mit einem gequälten Lächeln: »Nur, wenn Sie auch Kaffee haben. Dann sehr gerne! Am liebsten einen doppelten Espresso.«

Fred bestätigte diesen Wunsch mit einem Nicken und

Michael setzte sich wieder an seinen angestammten Platz an der Theke. Der Barmann hantierte in der Zwischenzeit flink und routiniert an einem chromblitzenden Apparat, der Michael an eine Dampfmaschine erinnerte.

Ein paar Augenblicke später war die gesamte Lounge von einem köstlich aromatischen Duft erfüllt.

Als Michael eine heiße, dickwandige Tasse vor sich stehen hatte, leerte er aus zwei Papiertütchen Zucker hinein und rührte die Mischung gedankenverloren um. Er nahm einen Schluck von dem dampfenden Gebräu und schloss genießerisch die Augen.

»Danke, Fred, das tut jetzt richtig gut! Sie sind gerade in mehrfacher Hinsicht meine Rettung.«

Der Barkeeper lächelte und Michael fuhr fort: »Sie haben gesagt, die Dame hat mich abgeschleppt, woran haben Sie das erkannt? Ich meine, was hat diese Frau getan, was Sie zu dem Schluss gebracht hat? Ich weiß, meine Fragen müssen für Sie dämlich klingen, aber mir ist jedes Detail wichtig – meine Ehe steht auf dem Spiel!«

»Schon klar«, sagte der Barkeeper und dachte einen Moment lang nach. »Also zum einen kam die Dame ja zu Ihnen in die Bar und nicht umgekehrt. Hazel McGregor wohnt auch nicht hier im Haus, das wüsste ich. Sagte sie nicht sogar, sie hätte Sie gesucht?«

»Stimmt«, sagte Michael nachdenklich.

»Jetzt, wo Sie es sagen ...«

Er erinnerte sich plötzlich an ein paar Gesprächsfetzen.

»Na ja, und dann ihre ganze Art, wie sie mit Ihnen gesprochen hat, ihre Gesten. Das sah mir nicht nach einer besorgten Schwester aus, die nur mal ihren betrunkenen Bruder ins Bett bringen will, wenn Sie verstehen, was ich meine.«

Beide Männer lachten. »Ich habe ja ganz sicher nicht alles mitbekommen. Später, als Sie rausgegangen waren, hat die Dame irgendwas mit Ihrem Handy gemacht und es dann in ihre Tasche gesteckt. Bevor sie Ihnen nachgegangen ist, hat sie noch irgendwas von wegen *eiskalter Rache* gesagt.«

»Was? Sie hat etwas von *eiskalter Rache* gesagt?«, wiederholte Michael konsterniert.

»Ach ja, und Ihren Zimmerschlüssel hat die Dame auch noch genommen und gesagt, dass Sie für alles bezahlen. Spätestens dann wusste ich, dass Sie nicht mehr zurückkommen würden.«

»Hat sie das genau so gesagt? Dass ich für alles bezahle?« Michael war schockiert.

»Ja, sie meinte damit wohl, dass alles auf Ihre Rechnung geht. Wissen Sie, normalerweise behalte ich mir solche Abläufe nicht, weil es mich einfach nicht interessiert. Sie müssen mich ja schon für einen Spitzel halten – aber von dieser Frau konnte ich weder Augen noch Ohren abwenden und ...«

»Schon gut, Fred, ich verstehe Sie schon und bin Ihnen wirklich sehr dankbar.« Michael holte seine Brieftasche hervor und entnahm ihr eine Visitenkarte.

»Sie konnten mir zwar viel mehr sagen, als ich zu hoffen gewagt habe, aber falls Ihnen noch irgendetwas einfallen sollte, Fred, hier ist meine Nummer.«

Dann zog er eine Fünfzig-Pfund-Note heraus und wollte sie dem Barkeeper ebenfalls reichen. Der jedoch wich erschrocken zurück, als hätte Michael versucht, ihm eine Tarantel in die Hand zu drücken.

»Lassen Sie das bloß stecken, Mann! Sonst könnte noch jemand auf die Idee kommen, Sie hätten sich meine Aussage gekauft.«

»Ich danke Ihnen, Fred, Sie sind ein Ehrenmann«, sagte Michael und räumte den Geldschein wieder zurück.«

»Danke, Mr Tomlinson, Sie ebenfalls! Wir Ehrenmänner müssen zusammenhalten, schließlich gibt es nicht mehr viele von unserer Sorte.«

29

Michael fuhr mit dem Lift hinauf in den siebten Stock seines Hotels.

An seiner Zimmertür hing noch immer das Schild mit der Aufschrift *Bitte nicht stören!*, genau so, wie er es hinterlassen hatte.

Er nahm sich ein eiskaltes Sprudelwasser aus der Minibar und machte es sich auf seinem Bett bequem.

Obwohl die Sache noch längst nicht ausgestanden war, atmete Michael erleichtert auf. Die Eindrücke des Barkeepers gaben ihm wenigstens Grund zur Hoffnung, dass er sich nichts zuschulden hatte kommen lassen.

Zwei Dinge, die Hazel zu Fred gesagt hatte, gaben Michael sehr zu denken: Das eine war das mit der eiskalten Rache, das andere, dass er – Michael – für alles bezahlen sollte. Er fragte sich, welchen Grund Hazel wohl hatte, sich an ihm eiskalt rächen zu müssen und wofür genau sollte er eigentlich bezahlen?

Michael konnte sich noch gut an den vergangenen Sommer und ihr letztes Zusammentreffen bei den *Gartenprachttagen auf Scotney Castle* erinnern. Egal, wie er die Sache drehte und wendete, Hazels Groll musste damit in Zusammenhang stehen. Eine spätere Gelegenheit gab es nicht.

Michael war sich jedoch keiner Schuld bewusst. Weder hatte er Hazel dort irgendwelche Hoffnungen gemacht, noch sich etwas anderes zuschulden kommen lassen. Doch das war nur seine Sicht der Dinge.

Michael hielt einen Moment lang inne und versuchte, sich in Hazel McGregor hineinzuversetzen. Das war ein

Unterfangen, das ihm wahrlich schwerfiel, da er sich noch nie zuvor ernsthaft für Hazels Beweggründe interessiert hatte. Doch jetzt musste es sein. Zu viel stand auf dem Spiel.

Dass Hazel zu diesem Zeitpunkt bereits monatelang verrückt nach ihm gewesen war, hatte Michael gewusst. Sie hatte auch nie einen Hehl daraus gemacht, obwohl er ihr nie Hoffnungen gemacht hatte.

Praktisch die gesamte männliche Bevölkerung des Königreichs lag ihr bis zum heutigen Tag zu Füßen. So war es wahrscheinlich für Hazel damals nur eine Frage der Zeit gewesen, bis Michael ihre Gefühle erwidern würde. Doch er, der einzige Mann, den sie je wollte, war nicht nur nicht an ihr interessiert. Dieser Mann liebte auch noch eine andere Frau, die er zu allem Überfluss inzwischen geheiratet hatte.

Dass Hazel ihn aus verletztem Stolz in diese Falle gestoßen hatte, war für Michael inzwischen die einzig plausible Erklärung.

Dennoch ging es Michael nicht in den Kopf. Hazel konnte fast jeden Mann auf der ganzen Welt haben. Außerdem war sie doch eine intelligente, warmherzige Frau. Konnte sie es tatsächlich darauf angelegt haben, aus Rache eine Familie zu zerstören?

Sie konnte!

Dieses kleine Miststück! Hazel hatte ihn hereingelegt, Michael war sich ganz sicher. Für ihn selbst reichten die Beweise jetzt zwar aus, doch musste er noch Samantha überzeugen. Und dafür war ihm jedes Mittel recht, koste es, was es wolle.

Michael rief in der Rezeption an und bat darum, seine Hotelrechnung fertig zu machen und seinen Wagen vorfahren zu lassen. Er warf sein spärliches Gepäck in die Reisetasche und machte sich auf den Weg zu den Aufzügen.

Michael stürmte in den Saal des Redaktionsgebäudes von *The Beauty of Nature* hinein, in dem die alljährliche Hauptversammlung stattfand. An der Frontseite des Raumes stand der Marketingexperte des Verlags vor einer Projektionswand mit bunten Linien. Er war gerade dabei, den Anwesenden anhand verschiedenfarbiger Grafiken die Erfolgszahlen der vergangenen Jahre zu erläutern.

Als Michael an der Tür stehen blieb, drehten sich sämtliche Köpfe der Teilnehmer zu ihm herum.

»Meine sehr verehrten Damen und Herren! Bitte verzeihen Sie mir mein Zuspätkommen und mein ungestümes Eindringen, aber ...«

Michael sah sich um und suchte die Stuhlreihen ab nach einem ganz bestimmten Gesicht.

Hazel war indes nicht da. *Natürlich nicht!* Das hätte er sich eigentlich denken können.

Plötzlich blieb sein Blick an Ian McGregor hängen, Hazels Vater. Er saß auf der anderen Seite des Raumes.

Wie jemand, der nichts mehr zu verlieren hatte, sagte Michael laut und vor allen Teilnehmern: »Mr McGregor, Sir, ich weiß nicht, was sich Ihre Tochter dabei gedacht hat. Aber sie wollte aus verletzter Eitelkeit mutwillig mein Leben und das meiner Frau zerstören. Ich muss jetzt sofort nach Hause fahren zu meiner Familie, um den Schaden zu begrenzen, den Hazel angerichtet hat. Wenn es noch nicht zu spät ist ...«

Ein erstauntes Raunen ging durch den Saal. Ian McGregor wurde blass. Dann wandte sich Michael an die vorderen Sitzreihen, die den Veranstaltern und Rednern vorbehalten waren.

»Mr Ryan! Verehrter Vorstand! Verehrte Mitglieder der Redaktion! Wenn unsere künftige Zusammenarbeit wirklich davon abhängen sollte, dass ich heute hier anwesend bin, dann ist sie jetzt eben beendet. Ich habe leider etwas Wichtigeres zu tun. Ich wünsche Ihnen alles Gute für die Zukunft! Es ist mir immer eine Freude gewesen, mit Ihnen zusammenzuarbeiten!«

Keiner der Anwesenden war in der Lage, auch nur ein einziges Wort zu erwidern.

Erst als Michael den Saal wieder verlassen hatte, redeten alle aufgeregt durcheinander.

Dann erhob sich Ian McGregor. Mit Zornesröte im Gesicht zog er ein Telefon aus der Tasche und ging unter den Blicken seiner Geschäftspartner durch die Tür hinaus auf den Korridor.

30

Es stimmte also. Eigentlich hatte Samantha gedacht, dass es nicht mehr schlimmer kommen konnte. Bis zu Michaels Anruf vor ein paar Stunden. In diesem Gespräch hatte er praktisch zugegeben, dass es eine andere Frau in seinem Leben gab.

Roberta hatte also nicht Recht behalten mit ihrer Annahme, dass das doch eigentlich gar nicht sein konnte, und dass sich alles einfach aufklären würde.

Nichts würde sich mehr aufklären. Es war vorbei.

Roberta brauchte sie den neuesten Stand auch gar nicht zu erzählen. Weshalb sollte sie die gute alte Frau nun noch mehr aufregen? Ändern würde es an der Sache sowieso nichts. Es war auch ihre eigene, ganz persönliche Angelegenheit, mit dieser ungeheuerlichen Wendung in ihrer Ehe klarzukommen.

Aber wie sollte sie bloß damit klarkommen? Faule Kompromisse eingehen nach nur fünf Monaten Ehe? Das würde sie nicht mehr tun. Nach dem Scheitern ihrer Ehe mit Charles hatte sie sich das irgendwann geschworen.

Aber es tat so verdammt weh.

Bei allem Schmerz freute sich Samantha darüber, dass sie im Moment des Gesprächs in der Lage gewesen war, beherrscht und abgeklärt zu reagieren. Sie wollte Michael nicht zeigen, dass ihre Welt für sie gerade vor dem Zusammenbruch zu stehen schien. Dafür war sie einfach zu stolz. Sie hatte nur das Gespräch beendet, ihr Telefon ausgeschaltet und danach geweint.

Gefühlte einhundert Stunden lang.

Es war früher Nachmittag, als Michael Tomlinson auf Cardington Manor zufuhr. Die Jahreszeit hatte die Landschaft in goldenes Sonnenlicht getaucht. Ganz so, als würde sich sein Zuhause darüber freuen, dass er heimkam.

Doch Michaels Vorfreude war ziemlich gedämpft. Vielmehr graute ihm davor. Das hatte jedoch nichts mit der Tatsache zu tun, dass seine Eltern noch immer dort wohnten und es auf nicht absehbare Zeit noch weiter tun würden. Nein. Michael hatte Angst vor der Begegnung mit Samantha, der ersten Begegnung mit ihr, seitdem sie das Gespräch beendet und ihr Handy ausgeschaltet hatte.

Was erwartete ihn wohl? Würde sie ihm glauben?
Und wenn nicht? War dann alles aus?
Was für ein Schlamassel!

Selbst der Kies schickte seinen Willkommensgruß durch die Reifen ins Wageninnere, doch auch dafür war Michael im Moment nicht empfänglich.

Wenn ich es nur schon hinter mir hätte!

Er fuhr durch das imposante Tor die Auffahrt entlang. Und dann sah er sie, seine Frau. Seine große Liebe – ja, das war sie und Michaels Herz schmerzte bei ihrem Anblick.

Samantha trug Jeans und T-Shirt. Auf dem Kopf hatte sie einen breitkrempigen Strohhut, um sich vor der Frühsommersonne zu schützen. Offenbar wollte sie gerade einen Spaziergang machen.

Als Samantha Michaels Wagen kommen sah, blieb sie wie angewurzelt stehen. Ihre Mimik wirkte wie versteinert und in ihre Augen traten Tränen. Sie sah elend aus, so wie man eben aussah, wenn man während der Nacht nicht geschlafen hatte, sondern nur geweint.

Michael hielt den Wagen mitten auf dem Kiesweg an und stieg aus. Während er auf sie zuging, sagte er: »Samantha, ich habe mir nichts zuschulden kommen lassen, das musst du mir einfach glauben! Bitte glaube es mir! Ich würde doch nie etwas tun, das dich verletzt oder unsere Liebe gefährdet. Das müsstest du doch tief in dir drin wissen! Oder nicht?«

Samantha wollte etwas antworten, doch sie brachte kein Wort heraus. Tränen liefen ihr herunter und sie schüttelte nur den Kopf. Sie zog ein Päckchen Papiertücher aus der Hosentasche und putzte sich die Nase.

»Das klingt wirklich gut, was du sagst. Wenn es da nicht noch eine weitere Person gäbe, die du ...«

»Aber das war doch nur Hazel! Hazel McGregor! Sie hat mir eine ganz miese Falle gestellt.«

»*Nur* Hazel Mc Gregor!«

Samantha lachte ironisch.

»Ach, wirklich? Braucht die offiziell schönste Frau Englands jetzt schon miese Fallen, um einen Mann ins Bett zu bekommen? Das glaubst du doch wohl selbst nicht!« Sie lachte weiter, doch eigentlich war ihr wieder zum Weinen zumute.

»Erinnere dich doch bitte an diese Gartenschau auf *Scotney Castle*, Samantha, und wie sie sich an mich drangehängt hat. Du musst doch noch wissen, dass das nicht von mir ausgegangen ist. Wenn ich gewollt hätte, hätte ich sie damals schon haben können. Ach, was sage ich – schon Monate davor! Seit ich damals den Auftrag von ihrem Vater bekommen habe, ist sie mir kaum noch von der Seite gewichen. Ich glaube, auch ihr Vater hätte es gerne gesehen, wenn ich sein Schwiegersohn geworden wäre. Aber ich wollte Hazel nicht. Ich wollte sie nie!«

Samantha schnaubte nur kurz und tat so, als würden Michaels Erklärungen ihr nichts bedeuten – ja, gar nicht erst zu ihr durchdringen. Doch in Wahrheit rüttelten seine Worte heftig an ihrer Festung aus tiefem Schmerz und verletztem Stolz.

So sehr sich Samantha auch wünschte, dass dies alles

nur ein böser Traum gewesen war, so wehrte sie sich innerlich doch gegen diese einfache Auflösung der Krise. Tief in ihrem Inneren musste sie sich eingestehen, dass plausibel klang, was Michael sagte.

»Es muss Hazel wohl sehr verletzt haben, dass ich sie auf dieser Gartenschau habe stehen lassen, damals. Obwohl sie ja nicht wissen konnte, dass ich schnurstracks zu dir gefahren bin.«

Michael ging einen weiteren Schritt auf Samantha zu und legte vorsichtig seine Arme um sie.

»Ich habe sogar einen Zeugen, der gehört hat, dass Hazel in meinem Zusammenhang von Rache gesprochen hat und dass ich für alles bezahlen müsste.«

»Das ist ja der reinste Irrsinn! Wie in einem schlechten Film! Und da geht Hazel einfach hin und zerstört eine Ehe? Die gehört doch in eine Anstalt!«, sagte Samantha und Michael fühlte sich ein wenig erleichtert.

Auch meinte er zu spüren, dass sie seinen Armen nicht mehr ganz so viel Widerstand entgegensetzte.

Doch er freute sich zu früh.

Nach kurzer Überlegung fuhr Samantha fort: »Das erklärt aber noch immer nicht, warum du mich den ganzen Tag hast hängen lassen ohne Rückruf und ohne ein einziges Wort! Ich habe dir zwei ziemlich brisante Nachrichten wegen deiner Eltern auf die Mailbox gesprochen – was du inzwischen ja längst wissen dürftest. Jede, wirklich jede dieser Nachrichten hätte dir eigentlich einen Grund geliefert, sofort nach Hause zu kommen. Aber du rufst mich nicht einmal zurück! Und zwar stundenlang nicht! Und dann geht plötzlich die gute Hazel McGregor an dein Telefon. Erklär mir doch mal bitte, wie sie das überhaupt geschafft hat! Das trägst du doch meistens in einer deiner vorderen Hosentaschen, oder nicht? Oder kommt jetzt die nächste Räuberpistole, dass Hazel seit unserer letzten Begegnung nicht nur ein böser Racheengel geworden ist?

Nein, sie ist jetzt neuerdings auch noch eine gefährliche Taschendiebin?«

Michaels Hoffnung hatte erneut den Nullpunkt erreicht. Jetzt musste er mit der Sprache herausrücken, was ihn am helllichten Nachmittag in diese Bar geführt hatte.

»Nein, Sammy, das Handy steckte natürlich nicht in meiner Hosentasche, als Hazel es in die Finger bekam. Es lag vor mir auf dem Tresen in der Hotelbar.«

»Okay ... äh ... was hast du denn um diese Zeit mit Hazel an der Hotelbar gemacht?«

»Ich war nicht mit Hazel zusammen in der Hotelbar. Ich war alleine dort und sie hat mich irgendwann gesucht und gefunden.«

»Gesucht und gefunden – wie romantisch!«

»Nein, doch nicht so, wie du meinst ...«

»Und als dein Telefon geklingelt hat, hast du ihr erlaubt ranzugehen und ...«

»Nein, da bin ich gerade auf der Toilette gewesen und ...«

»Wie? Da hast du dein Handy auf der Theke liegen lassen? In einer fremden Umgebung? Das machst du doch sonst auch nicht, sondern steckst es immer ein.«

»Ja, das stimmt natürlich ... sagen wir, ich war in diesem Moment nicht Herr meiner selbst ...«

»Nicht Herr deiner selbst – das ist natürlich ein Freischein für so manches!«

»Ach, Sammy, ich hatte zu diesem Zeitpunkt einfach schon ziemlich viel getankt und ...«

»Wie? Du warst am helllichten Nachmittag so betrunken, dass du dein Handy an der Bar zurückgelassen hast – in der Obhut von Hazel McGregor? Das wird ja immer besser!«

»Ich war doch schon seit dem Mittag dort und sie kam erst ...«

»Was? Du warst schon am Mittag in dieser Bar? Das

darf doch wohl nicht wahr sein!«

Samantha war erschrocken. In der letzten Zeit hatte sie doch feststellen müssen, dass sie eigentlich nur sehr wenig über ihren Mann wusste.

»Michael, gibt es da irgendetwas, das du mir erzählen möchtest? Oder sogar erzählen musst?«

»Allerdings ... Lass uns bitte ein paar Schritte gehen, Sammy, dann fällt es mir vielleicht leichter ...«

Doch als Michael gerade zu seinem Geständnis ansetzen wollte, hörten sie ein Motorengeräusch, das vom großen Tor an der Auffahrt herkam.

Automatisch drehten beide die Köpfe in die Richtung und sahen, wie Muriel und Hutch Tomlinson einem Taxi entstiegen und danach den Kiesweg entlang auf sie zukamen.

»So gerne ich jetzt endlich alle Antworten auf meine Fragen bekommen würde – lass uns das Thema bitte für den Moment auf Eis legen, bis wir diese leidige Angelegenheit mit deinen Eltern geklärt haben!«, sagte Samantha und zog Michael hinter einen riesigen Kirschlorbeerbusch.

»Es gab nämlich schon wieder einen weiteren haarsträubenden Vorfall und der ist diesmal sogar richtig kriminell. Und dabei kennst du die alten Geschichten noch nicht einmal genau ...«

Sie gingen querfeldein in den Park hinein, außer Sichtweite von Michaels Eltern. Samantha konnte ihrem Mann endlich sämtliche Vorkommnisse in aller Ausführlichkeit schildern: vom unerlaubten Eindringen in Colins Zimmer über Samanthas Telefonat mit Mrs Howard bis hin zu Hendersons Entdeckung im Weinkeller.

Michael war fassungslos.

»Das muss jetzt ein Ende haben! Niemand wird mehr unseren Frieden stören oder Gelegenheit bekommen, einen Keil zwischen uns zu treiben, das schwöre ich dir!«

Er sah Samantha eindringlich an.

»Niemand! Hörst du? Ich bin jetzt genau in der richtigen Stimmung, *Tabula rasa* zu machen!«, sagte er, kehrte auf dem Absatz um und ging zügigen Schritts auf die beiden großen Freitreppen am Eingang des Hauses zu.

Samantha folgte Michael nur zögerlich.

Diese Reaktion hatte sie sich zwar von ihm gewünscht, doch dass es jetzt so weit sein sollte, bereitete ihr auch ein wenig Unbehagen. Mit ihrer Erschöpfung war sie gerade nicht in der Verfassung, unangenehme Szenen zu ertragen. Je näher sie dem Haus kam, desto langsamer wurde ihr Schritt und ihre Angst vergrößerte sich.

Für einen kurzen Moment fühlte sich Samantha an den Tag zurückerinnert, an dem Michael und sie Charles gemeinsam aufsuchen wollten, um die Details der Scheidung zu besprechen. Michael war damals genau so forsch wie heute ins Haus vorangelaufen. Wenig später war dann der Knall gekommen, als Charles sich erschossen hatte.

Heute würde sich wohl niemand umbringen, doch zu einem Knall würde es ebenfalls kommen, so viel war sicher. Den konnte Michael seinen Eltern nicht ersparen, nach allem, was vorgefallen war.

Als Samantha die Linke der beiden Freitreppen hinaufgestiegen war, hörte sie schon das beginnende Wortgefecht.

Das Babyfon an ihrem Gürtel gab noch kein Geräusch von sich. Colin schien also noch zu schlafen. Am liebsten hätte sie Roberta das Funkgerät übergeben, damit sich die Freundin um den Kleinen kümmerte, aber Roberta hatte gerade im Kinderheim zu tun.

Also entschied sich Samantha dafür, erst einmal nach oben zu gehen, um selbst nach ihm zu sehen.

31

Michael stand mit eingestützten Händen in der Tür des *Appartements* und beobachtete das Szenario: Muriel schob gerade einen schäbigen Koffer unter das Bett; Hutch hatte währenddessen das Küchenfenster geöffnet und steckte sich eine Zigarette an.

»Und? Laufen die Geschäfte gut?«, fragte Michael mit geballten Fäusten.

Er rang sich die größtmögliche Beherrschung ab.

»Michael! Da bist du ja, mein Junge!«, rief Muriel und tat so, als hätte sie seine Frage nicht gehört.

»Ja, da bin ich, Muriel, und du wirst dir gleich wünschen, dass ich nicht da wäre.«

»Wie meinst du denn das?«

Michael drehte sich zu Hutch um und sagte: »Und du machst jetzt sofort die Zigarette wieder aus und kommst hierher!«

»Aber Michael, was ist denn los?«, fragte Muriel und unternahm einen erneuten Versuch, ihren Sohn zu umarmen, doch Michael machte einen Schritt zurück.

»Wie viel von dem Wein ist noch da?«

»Von welchem Wein sprichst du, mein Junge?«

»Von dem, den ihr gestohlen habt. Frag nicht so blöd und hör auf zu lügen! Und vor allem nenn mich nicht noch einmal *mein Junge*!«

»Wie? Du behauptest, wir hätten etwas gestohlen? Wir? Hast du das gehört, Hutch? Wir sollen etwas gestohlen haben!«

»Nein! Wir haben doch nichts gestohlen!«, sagte Hutch artig.

»Wie nennt ihr es dann, was ihr mit dem Wein gemacht habt?«

Als keine Antwort kam, fuhr Michael fort: »Dann rufe ich jetzt am besten die Polizei an und melde einen Einbruch mit Diebstahl. Vielleicht kehrt eure Erinnerung ja dann zurück. Und eure Wohnsituation für die nächste Zeit wäre dann ja auch geklärt.«

Er wandte sich zum Gehen.

Nach kurzer Überlegung sagte Muriel: »Also gut! Sagen wir, wir haben den Wein ... verwertet.«

»Wenn den sonst keiner trinkt ... das ist doch die reinste Vergeudung!«, sagte Hutch.

»Was? Ihr habt ihn getrunken?«

Michael war außer sich. »Ihr beiden Proleten müsst einhundert Jahre alten Wein trinken?«

»Nein! Der hat uns auch überhaupt nicht geschmeckt. Da waren so komische Klumpen drin«, sagte Hutch und Muriel pflichtete ihm bei.

»Ja, seid ihr jetzt vollkommen übergeschnappt oder ist euch die Umgebung hier vielleicht zu Kopf gestiegen?«

»Aber das wär doch wirklich schade, wenn den keiner trinkt. Die Flaschen waren auch schon ganz schmutzig und wir haben sie dann erst mal sauber gemacht.«

Michael schloss kurz die Augen und bemühte sich um Selbstbeherrschung.

In etwas freundlicherem Tonfall fragte er: »Und was, wenn ich fragen darf, habt ihr dann mit dem Wein gemacht, wenn ihr ihn nicht getrunken habt?«

»Wir haben ihn dem Getränkehändler in Rye gezeigt. Der hat uns fünfzig Pfund pro Flasche angeboten und uns jedes Mal gefragt, ob wir ihm nicht mehr davon besorgen können.«

»Das glaube ich gern! Der verdient sich daran gerade eine goldene Nase!«

Michael rang um Worte. »Sagt mal, habt ihr sie noch

alle? Also nicht nur, dass ihr euch nicht an die Regeln haltet, die wir vereinbart haben ... ihr seid auch noch in den Weinkeller eingebrochen und habt ein Vermögen gestohlen, beziehungsweise zerstört ... wie seid ihr denn da überhaupt reingekommen?«

»Na, ja ... uns war langweilig und da wollten wir uns eben ein bisschen umsehen. Dann haben wir die vielen schmutzigen Flaschen gesehen und uns gedacht, die vermisst bestimmt niemand ... Und Hutch hatte dann zufällig so einen Haken in der Tasche und ...«

»Natürlich! Hutch hatte rein zufällig einen Dietrich in der Tasche! Das glaube ich sofort! Wie in alten Zeiten, nicht wahr, Hutch?«

Michael lachte zynisch.

»Wisst ihr, was ihr seid? Verbrecher seid ihr! Kriminelle! Ihr macht euch keine Vorstellung, wie sehr ich mich für euch schäme! Leute wie ihr gehören eigentlich ins Gefängnis!«

»Aber Michael! So spricht man doch nicht mit seiner Mutter! Ich habe dich großgezogen und du drohst uns mit Gefängnis?«

»Man soll von Kindern eben keinen Dank erwarten«, meldete sich nun Hutch wieder zu Wort.

»Dank? Wofür, Hutch? Dass du mich damals nicht totgeschlagen hast?«

»Aber jemand musste dich doch erziehen. Dein leiblicher Vater war doch über alle Berge!«

»Ach so! Das war Erziehung! Verzeiht, aber das war mir nicht klar!«

»Eine Ohrfeige hat doch noch niemandem geschadet«, sagte Hutch und bereute diese Redensart kurz darauf gleich wieder.

»Dann ist's ja gut. Ich bin nämlich gerade genau in der richtigen Stimmung, dir eine zu verpassen und ...«

»Michael, lass es doch gut sein!«, fiel ihm Muriel ins

Wort. »Das ist doch alles so lange her ...«

»Da hast du ausnahmsweise recht! Und außerdem würde es mir keine Genugtuung bringen, dieses Wrack zu schlagen, das du offenbar noch immer deinen Ehemann nennst.«

Obwohl diese Aussage alles andere als schmeichelhaft gemeint war, freute sich Hutch darüber und atmete erleichtert auf.

Michael fuhr fort: »Und jetzt hört mir gut zu! Ein für alle Mal! Trotz eurer schändlichen Behandlung damals ist es mir gelungen, mir ein gutes Leben aufzubauen. Ich lebe hier in Frieden und Harmonie mit meiner Familie. Und das lasse ich mir von niemandem kaputtmachen – am allerwenigsten von euch! Weil ihr nichts, aber auch rein gar nichts mehr in meinem Leben verloren habt! Das habt ihr verwirkt für alle Zeiten! Ich hoffe, dass das jetzt endlich in eure morschen Schädel eingedrungen ist.«

Er sah die beiden so voller Verachtung an, dass keiner von ihnen auch nur wagte, zu reagieren.

»Ach ja, bevor ich es vergesse: Da ihr beide ja so großes Vergnügen daran habt, euch standesgemäß von schicken Limousinen abholen zu lassen, könnt ihr jetzt wählen – Taxi oder Polizei! In 20 Minuten seid ihr von hier verschwunden! Auf Nimmerwiedersehen, so oder so! Ist das klar?«

»Aber Michael, du hast doch versprochen, dass wir bleiben können, bis unser Haus renoviert ist«, sagte Muriel und blinkerte mit unschuldigen Kulleraugen.

»Das war, bevor ihr angefangen habt, die Regeln zu brechen und kriminell zu werden«, sagte Michael und zwang sich zu einem Lächeln.

»Aber das Schönste habe ich euch ja noch gar nicht gesagt! Da werdet ihr euch jetzt sicher richtig freuen: herzliche Grüße von Mrs Howard! Euer Haus ist gerade fertig renoviert worden. Ihr könnt wieder nach Jaywick zurückkommen!«

Michael wandte sich um und ging zur Tür. Dabei rannte er beinahe Samantha um, die dort schon eine ganze Weile gestanden hatte und ihn nun mit großen Augen ansah.

Muriel und Hutch standen wie erstarrt im Raum und sahen sich betreten an.

»Sie werden wohl nicht angenommen haben, dass wir in aller Ruhe abwarten, bis Sie unser Haus ebenfalls in Brand gesteckt haben!«, sagte Samantha, nachdem sie die Personalklingel betätigt hatte.

»Ich werde Ihnen Henderson schicken, damit er Ihnen beim Packen hilft und Sie hinausbegleitet«

»Danke, das wird nicht nötig sein«, sagte Muriel und zog die Augenbrauen in gewohnter Manier nach oben. »Das können wir selbst. So viel Gepäck haben wir gar nicht. Außerdem finden wir selbst hinaus.«

»Doch, das ist nötig«, sagte Samantha und zog ebenfalls die Augenbrauen nach oben, um Muriels Mimik nachzuahmen. »Noch einmal lasse ich mich nicht von Ihnen bestehlen. Sie können von Glück sagen, dass wir noch nicht die Polizei gerufen haben.«

Muriel schnappte empört nach Luft und murmelte etwas Unverständliches.

»Und wagen Sie es nicht noch einmal, hierher zu kommen oder auch nur auf die Idee zu kommen, hier anzurufen, nach allem, was Sie meinem Mann angetan haben!«

Henderson erschien in der Tür und erkundigte sich nach Samanthas Wünschen.

»Bitte seien Sie den *Herrschaften* beim Packen behilflich, Henderson. Nicht dass sie wieder so schwer tragen müssen oder am Ende gar ihren Chauffeur versäumen.«

Nach einem vielsagenden Blickwechsel mit dem Butler verließ Samantha das *Appartement* und machte sich auf die Suche nach Michael.

Draußen in der Halle traf Samantha auf das Hausmädchen, das gerade dabei war, das Treppengeländer zu polieren.

»Sagen Sie bitte, Frances, haben Sie vielleicht gesehen, wo mein Mann hingegangen ist?«

»Ich glaube, er ist hinausgegangen, Mrs Tomlinson«, sagte die junge Frau, ohne von ihrer Arbeit aufzusehen.

»Danke«, sagte Samantha abwesend und ging mit schnellen Schritten zur Haustür.

32

Als Samantha die steinerne Treppe hinabschritt, blinzelte sie in die ungewohnte Helligkeit der Sonnenstrahlen. Sie ließ ihren Blick umherschweifen, doch Michael war nirgendwo zu sehen.

Erst als sie unten angekommen war, entdeckte sie ihn in einiger Entfernung an einem kleinen Teich stehen. Er stand mit verschränkten Armen vor dem grünen Gewässer und starrte hinein, während ein Stockenten-Paar in trauter Gelassenheit an ihm vorüberglitt.

Samantha spürte ihren Herzschlag heftiger werden, als sie auf Michael zuging.

»Ach, hier bist du!«, sagte sie und er drehte sich zu ihr um. »Das war ja wirklich heftig da drin. Wie hast du es überstanden?«

»Ich weiß noch nicht. Wie eine Mischung aus Erzengel Michael und *Superman* – nach dem Kampf mit dem Widersacher!«, sagte er und sie lachten beide kurz.

»Ein paar Blessuren habe ich mir wohl schon zugezogen, aber ich fühle mich auf eine seltsame Weise befreit.«

Samantha kam ein paar Schritte näher und legte ihren Kopf ganz sanft an Michaels Schulter.

»Ganz schön harter Tobak, was du denen an den Kopf geworfen hast.«

»Ja, und das Schlimmste daran ist, kein einziges Wort davon war übertrieben«, sagte Michael.

Er öffnete den Arm, an den Samantha sich schmiegte, aus der Verschränkung und legte ihn zärtlich um sie.

»Das ist ein schönes Bild«, sagte sie.

»Welches Bild? Was meinst du?«

»Das mit dem Erzengel Michael. Das ist doch dieser blau gewandete, mächtige Engel mit dem großen Schwert, oder nicht? Und genau so bist du gerade aufgetreten da drin: als hättest du die Fesseln deiner Vergangenheit mit einem riesigen Schwert zerschlagen.«

Michael konnte darauf nichts erwidern. Er stand noch ziemlich unter dem Eindruck dieser unangenehmen Auseinandersetzung und merkte erst jetzt, wie sehr ihn das Ganze mitgenommen hatte. Gleichzeitig genoss er, dass Samantha wieder freundlich mit ihm sprach, als wäre alles zwischen ihnen bereits ausgesprochen.

Jetzt müsste die Zeit stillstehen!

»Ich hatte keine Ahnung, dass du als Kind geschlagen wurdest ... wie furchtbar!«

»Das habe ich auch noch niemandem erzählt, weil ich es selbst nicht mehr gewusst habe. Dieses unschöne Kapitel meines Lebens hatte ich auch vor mir selbst gut weggeschlossen, weil ich es sonst nicht ertragen hätte. Erst als die beiden wieder aufgetaucht sind, kam das alles wieder hoch und ich habe mich gefühlt wie der letzte Jammerlappen. Zunächst habe ich es einfach wieder weggedrückt. Und nach deiner ersten Nachricht gestern ist es dann eben wieder hochgekommen und ich bin an dieser verfluchten Bar gelandet.«

»Ich verstehe.«

»Weißt du, das ist einfach zu peinlich, wenn du als erwachsener Mann, erfolgreicher Unternehmer und neuerdings auch Familienvater plötzlich von den Emotionen deiner Kindertage überrollt wirst. Du fühlst dich wie ein kleiner Junge, auf den schon die nächste Tracht Prügel wartet. Eigentlich stehst du mitten im Leben, aber gleichzeitig stehst du auch total neben dir.«

Samantha nahm Michael nun fest in ihre Arme, konnte aber nichts dazu sagen.

»Mit jemandem darüber reden konnte ich nicht ... auch

mit dir nicht. Oder gerade mit dir nicht, weil ich nicht wusste, wie du darauf reagieren würdest. Ob du vielleicht die Achtung vor mir verlierst oder ...«

Samantha hob den Kopf und sah ihrem Mann ungläubig in die Augen.

»Sag mal, bist du verrückt geworden, Michael? Ich soll die Achtung vor dir verlieren, weil du eine Vergangenheit hattest und mir davon erzählst? Hast du das wirklich geglaubt?«

»Ich wusste eben nicht, wie du reagierst, wenn du davon erfährst. Ich dachte, du fühlst dich dann vielleicht, als hättest du die Katze im Sack geheiratet, weil doch damals alles so schnell ging mit uns.«

Samantha schob ihn auf Armeslänge von sich und sagte lachend: »Ich fasse es nicht! Das kannst du nicht wirklich geglaubt haben!«

Sie packte ihn an den Schultern und schüttelte ihn sanft. »Hey, ich bin's, deine Frau! Ich bin die, die dich geheiratet hat, weil sie dich liebt und mit dir durch dick und dünn gehen möchte. Und das Ganze lebenslänglich, du erinnerst dich vielleicht?«

»Ich bin eben manchmal ein Idiot ... Und da ist es eben manchmal naheliegender, sich am helllichten Mittag in eine blöde Hotelbar zu setzen und sich volllaufen zu lassen, anstatt zu reden.« Samantha schüttelte nur den Kopf. »Na ja, und den Rest der Geschichte kennst du ja.«

»Moment – nicht ganz!«, sagte sie, löste sich aus der Umarmung und hob die Arme abwehrend.

»Ein paar pikante Details fehlen da schon noch, um das Bild zu vervollständigen, findest du nicht?«

Michael legte die Hände vors Gesicht und jammerte lachend: »Oh bitte, nicht schon wieder von dieser blöden Hazel anfangen! Ich wollte noch nie was von ihr und werde auch nie was von ihr wollen.«

Dann fiel er vor ihr auf die Knie und hob mit einem

verzweifelten Ausdruck die rechte Hand zum Schwur.

»Das schwöre ich dir feierlich beim Leben unseres Sohnes ... apropos, wo ist der Kleine überhaupt?«

Samantha deutete auf das stumme Babyfon an ihrem Gürtel und sagte: »Schläft! Jetzt aber nicht ablenken! Also, wie ging das dann weiter mit dir und Hazel?«

»Ich habe befürchtet, dass du mich das fragst ... Die Wahrheit ist, ich weiß es nicht genau ... aber ich habe einen Zeugen, der bestätigt, dass sie mich abschleppen wollte und dass das nicht von mir ausging – gar nicht ausgehen konnte, weil ich dafür zu besoffen war. Und dieser Zeuge – der Barkeeper übrigens – sagte mir, dass sie mein Handy und meinen Zimmerschlüssel an sich genommen hat, als ich gerade auf der Toilette war. Und bevor sie mir nachgegangen ist, hat sie noch zu Fred, das ist der Barkeeper, das mit der Rache und dem Bezahlen gesagt.«

»Sie ist dir dann also nachgegangen ... Etwa mit auf dein Zimmer?« Samantha war schockiert.

»Ich fürchte, ja ... Sie hat dort alles so aussehen lassen, als ob zwischen uns was gelaufen wäre, aber ich kann mir das beim besten Willen nicht vorstellen!«

Samanthas Blick hatte sich wieder verfinstert. Sie verschränkte die Arme vor der Brust und ging auf Abstand.

»Sammy, erstens, du weißt doch, dass bei mir nichts läuft mit Alkohol – selbst wenn sie es versucht hätte. Und zweitens habe ich das Bett genauestens untersucht – es gibt nicht die geringste Spur, dass irgendetwas stattgefunden hat.«

»Was heißt, sie hat alles so aussehen lassen, als ob ...?«, fragte Samantha kühl.

»Sie hat mir eine Schmiererei am Spiegel hinterlassen, ein Höschen von sich und einen Brief, aber das waren wirklich die einzigen Spuren in Anführungszeichen. Und die waren alle von ihr gelegt. Andere gibt es nicht, ich schwöre es dir! Ich habe sogar Fotos von meinem Bett gemacht, schau!«

Michael kramte gerade in seiner Hosentasche nach seinem Telefon, als es wie auf ein Stichwort zu klingeln anfing. Da er die Nummer nicht kannte, nahm er das Gespräch an und wollte den Anrufer auf einen späteren Zeitpunkt vertrösten.

»Hallo Mr Tomlinson? Hier spricht Fred, der Barkeeper. Sie erinnern sich bestimmt ...«

»Hallo Fred! Sie rufen genau im richtigen Moment an! Ist Ihnen vielleicht noch was eingefallen?«

Michael stellte den Lautsprecher an und hielt das Handy zwischen sich und Samantha.

»Mir nicht, aber dem Hotelportier. Wissen Sie, er ist ein sehr erfahrener Mann. Er hat so eine Angewohnheit, dass er sich Uhrzeiten aufschreibt, wann Gäste kommen und gehen. Er sagt, das hält ihn wach und konzentriert.«

»Spannen sie mich bitte nicht auf die Folter, Fred! Was hat er gesehen, der gute Mann?«

»Ihm ist besagte Dame aufgefallen, als sie das Hotel wieder verlassen hat. Das war ungefähr zwanzig Minuten, nachdem sie mit Ihnen hochgefahren war. Also ich finde, wenn die Dame eine so unvergessliche Nacht mit Ihnen gehabt hat, wie sie behauptet, dann war das eine recht kurze Nacht, finden Sie nicht auch, Mr Tomlinson?«

Samantha hatte Tränen in den Augen und lächelte erleichtert. Jetzt konnte sie es kaum noch erwarten, bis das Gespräch beendet war.

»Das finde ich allerdings auch! Diese Minuten dürften gerade dafür ausgereicht haben, dass die Dame ihre Spuren platzieren konnte. Sie hat eben nicht mit einem Ehrenmann wie Ihnen gerechnet. Danke, Fred, Sie sind gerade meine Rettung! Ich stehe tief in Ihrer Schuld! Und sagen Sie bitte auch dem Portier, vielen Dank von mir für seine Aufmerksamkeit! Auf Wiederhören!«

Das Gespräch war endlich beendet und das Telefon fiel auf die Erde, weil Samantha Michael so ungestüm umarmte.

»Gott sei Dank, ist jetzt jeder Zweifel beseitigt!«, flüsterte sie immer wieder. »Gott sei Dank! Ich bin so froh.«

»Und ich erst!«

Nach einer Weile sagte Michael: »Schatz, wir sollten vielleicht langsam wieder zurückgehen zu Colin. Nicht dass er aufwacht und niemand ist da.«

Er legte den Arm um seine Frau und führte sie den Weg entlang zum Haus zurück.

Während sie gingen sagte Samantha: »Diese Geschichte mit Hazel und auch die Sache mit deinen Eltern – das war eine Lektion für uns beide.«

»Was für eine Lektion denn? Diese beiden Geschichten haben doch nun wirklich nichts miteinander zu tun, oder findest du etwa schon?«

»Auf den ersten Blick vielleicht nicht. Aber wenn du mir vertraut hättest wegen der Sache mit deinen Eltern, hätte Hazel keine Gelegenheit bekommen, dich abzuschleppen – oder es zumindest zu versuchen.«

»Das stimmt leider«, sagte Michael nachdenklich.

»Tja ... und als du mir versichert hast, dass du dir nichts hast zuschulden kommen lassen, hätte ich dir einfach vertrauen müssen. Das meine ich damit. Das war unsere Lektion: Vertrauen zu lernen. Aber wir haben uns gegenseitig nicht besonders vertraut. Das war ein ganz schönes Armutszeugnis für unsere Beziehung! Michael, wie konnten wir nur so aneinander zweifeln?«

»Das ist wirklich die Frage ... Ich habe nicht die leiseste Ahnung, wie das passieren konnte. Ich bin einfach nur froh, dass wieder alles in Ordnung ist zwischen uns.«

Michael blieb stehen und wollte Samantha zu sich heranziehen, um sie zu küssen.

»Jetzt hat sie doch noch keinen Sprung, unsere Schüssel!« Samantha lächelte glücklich.

Auf Michaels fragenden Blick sagte sie: »Das erkläre ich dir irgendwann mal.«

In diesem Moment erblickten sie ein altmodisches schwarzes Taxi, das in einiger Entfernung den Kiesweg entlangfuhr und im Wald verschwand.

»Das wäre also ebenfalls ausgestanden«, sagte Michael und atmete erleichtert auf. »Da ist es wirklich besser, keine Familie zu haben!«

Samantha wollte ihrem Mann gerade beipflichten, als es plötzlich laut vernehmlich aus dem Babyfon quäkte.

»Hörst du das? Da protestiert jemand gegen deinen letzten Satz!«, sagte Samantha und sie lachten beide.

»Jetzt aber schnell!«, rief Michael, nahm seine Frau an der Hand und sie rannten gemeinsam zum Haus.

»Aber die Erklärung, was es mit der Schüssel auf sich hat, bist du mir noch schuldig!«

33

Roberta Gilchrist starrte reglos aus dem Bürofenster des Kinderheims. Sie hielt den Telefonhörer noch in der Hand. Die alte Kinderschwester wagte kaum zu atmen.

Nun war es also so weit: Franks große Stunde stand vor der Tür. Es war früher Abend. Am nächsten Vormittag schon würden Mr und Mrs Boyle kommen und ihr Kind abholen.

Ihr Kind!

In Robertas Kehle hatte sich im Lauf des Gesprächs ein dicker Kloß gebildet. Natürlich wusste sie, dass dieser Moment kommen würde. Sie hatte ihn ja selbst für den Jungen herbeigesehnt. Es wurde auch für sie selbst jedes Mal schwerer, Franks Enttäuschung mitzuerleben, wenn sich Eltern wieder einmal für ein niedliches Mädchen entschieden hatten. Die Boyles bildeten vielleicht Franks einzige Chance auf ein normales Leben. Die durfte sie ihm nicht mit Heulerei und rührseligen Abschiedsszenen verderben.

Reiß dich gefälligst zusammen, Roberta!

Als sie den Hörer in die Halterung zurücklegte, merkte sie erst, wie sehr sie zitterte. Sie griff in ihre Handtasche und holte das Beruhigungsmittel heraus, das Dr. Mortimer ihr gegeben hatte. Sie goss frisches Wasser in ein Glas und träufelte ein paar der gelben Tropfen hinein.

Nach dem ersten Schluck fühlte sie sich schon ein wenig besser.

Als alte und erfahrene Kinderschwester wusste sie, dass sie es irgendwie schaffen würde, Frank gehen zu lassen, ohne ihm eine traurige Szene zu machen. Schon dem Jungen zuliebe.

Aber sie musste es ihm noch sagen. Er wusste doch noch gar nicht, dass es am nächsten Morgen schon so weit sein würde. Sie hatte es ja selbst gerade erst erfahren. Wie er es wohl aufnehmen würde?

Roberta schaute wieder hinaus in das hoffnungsvolle Grün des Parks, als würde sie sich von dort Zuspruch erwarten. Da sah sie in einiger Entfernung ein Paar den Weg entlangkommen: einen Mann und eine hochschwangere Frau, die Arm in Arm gingen und immer wieder stehen blieben, um sich zu küssen.

»Na, Gott sei Dank!«, sagte die alte Dame, als sie erkannt hatte, um wen es sich handelte.

»Hatte ich also doch recht!«

Kurz darauf gellte Colins Geschrei durch die Räume und Samantha streckte ihren Kopf zur Tür herein.

»Guten Abend, meine Liebe!«, sagte sie mit einem Strahlen im Gesicht. »Wir waren gerade spazieren und haben die Zeit vergessen. Ich muss mal eben nebenan, um Colin zu versorgen.«

Und flüsternd fügte sie hinzu: »Es ist übrigens alles wieder in Ordnung zwischen Michael und mir.«

»Das hättest du mir nicht zu erzählen brauchen«, sagte Roberta und lachte kurz auf. »Das sieht man dir auch so an. Schon auf einhundert Metern Entfernung! Mit dem Kleinen vorne dran habe ich dich zunächst allerdings für eine Schwangere gehalten.«

Samantha freute sich darüber und sagte vergnügt:

»Und weißt du, was sich auch noch erledigt hat?« Roberta schüttelte den Kopf und sah sie nur gespannt an.

»Die Sache mit Michaels Eltern. Vorhin hat es zwar eine sehr hässliche Szene gegeben, aber gerade sind sie wieder abgefahren. Endlich!«

»Na, Gott sei Dank! Diese Sache hat ja auch ganz

schön an deinen Nerven gezehrt! Gerade jetzt, mit einem Neugeborenen im Haus!«

»Schnee von gestern«, sagte Samantha und strahlte glücklich. In diesem Moment machte Colin lautstark vom Nebenraum aus deutlich, dass seine Versorgung keinen Aufschub mehr duldete.

»Jetzt muss ich aber wirklich flitzen ...«

Als der Kleine wieder satt und frisch gewickelt war, legte Samantha ihn in einem der Babybetten ab und überließ ihn der Obhut einer jungen Kinderpflegerin.

Ihr Nacken und ihr Rücken schmerzten von den Riemen des Tragegurts. Sie setzte sich in Robertas Büro auf einen Stuhl und rieb sich die verspannten Schultern.

Roberta wunderte sich, wo Michael war.

Samantha deutete hinaus auf den Spielplatz vor dem Haus. Gemeinsam sahen sie aus dem Fenster. Michael war draußen geblieben und redete gerade mit den Kindern. Samantha klopfte an die Scheibe und winkte glücklich hinaus. Nachdem Michael den Gruß erwidert hatte, warf sie ihm einen Handkuss zu.

Es war Roberta unangenehm, dieses Glück stören zu müssen, aber es blieb ihr nichts anderes übrig.

»Kurz bevor ihr gekommen seid, haben übrigens die Boyles angerufen«, sagte sie mit einem Kloß im Hals.

»Die Sache mit den Papieren ist durch. Sie kommen morgen Vormittag und holen Frank ab.«

»Oh ... dann ist es jetzt also so weit«, sagte Samantha mit belegter Stimme und tätschelte ihrer Freundin den Unterarm.

»Wie hat unser Frank es denn aufgenommen? Er freut sich sicher schon sehr auf den Hund, oder?« Sie zwang sich zu einem Lächeln, das jedoch gründlich misslang.

»Ich konnte es ihm ja noch gar nicht sagen. Erst musste ich die Nachricht selbst verdauen und dann seid ihr gekommen. Frank geht immer noch davon aus, dass die ihn frühestens nächste Woche abholen.«

»Ach, so ... Ich muss gestehen, seit meinem Gespräch mit Frank habe ich keine Sekunde mehr an seine Adoption gedacht. Du weißt ja, was bei mir alles los war.«

»Nur allzu gut! Auf jeden Fall bin ich froh, dass zwischen euch alle Missverständnisse ausgeräumt sind, wie es scheint.«

»Ja, ich bin auch sehr erleichtert darüber.«

»Es hätte mich auch wirklich sehr gewundert, wenn es anders gekommen wäre.«

Jubelgeschrei bannte ihre Blicke wieder zum Fenster hinaus. Michael spielte gerade mit ein paar der größeren Jungs Fußball, und Frank, ein leidenschaftlicher Fußballer, hatte wohl ein Tor geschossen.

»Das wird für Michael auch schwer werden«, sagte Samantha und spürte, wie sich ihre Augen mit Tränen füllten. »Wir hätten ihn mal lieber selbst adoptieren sollen. Das wissen wir leider auch erst jetzt, wo es zu spät ist. Aber die letzten Monate waren so voll ...«

»Ich weiß. Es sollte vielleicht einfach nicht sein. Bestimmt wird es gut für Frank sein, zu den Boyles zu kommen. Er ist dort das einzige Kind und wird dann auch mal im Mittelpunkt stehen«, sagte Roberta und putzte sich auffällig lange die Nase.

»Sag mal, glaubst du eigentlich selbst, was du da sagst oder sagst du das nur, weil du meinst, dass es mich tröstet?«

»Ich habe keine Ahnung«, sagte Roberta mit roten Augen. »Vielleicht sollte es auch nur mich selbst trösten.«

»Wir wissen doch beide, wie gern Frank mit anderen Kindern zusammen ist. Ich glaube nicht, dass ihm ein Hund seine Spielgefährten ersetzen kann.«

»Das ist dann aber nicht mehr unsere Angelegenheit, Samantha. Es ist dann die Sache der Boyles, für ihren

Jungen zu sorgen. Außerdem wird er ja dann in Hastings zur Schule gehen und da sind bestimmt genug Kinder.«

»Ja ... bestimmt hast du recht ... Hoffen wir es!«

»Wenn wir es nur schon hinter uns hätten, es ihm zu sagen! Das ist mir in meiner ganzen Laufbahn noch nie so schwergefallen.«

»Vielleicht sollten wir das gemeinsam mit Michael machen, wenn sie hereinkommen. Dann könnten wir uns auch gleich von Frank verabschieden. Ich weiß nicht, ob ich das kann, ihn morgen in das Auto einsteigen und wegfahren sehen.«

Samantha konnte ihre Tränen nicht länger zurückhalten. Sie ließ ihnen freien Lauf und hoffte, dass sie dann später versiegt sein würden.

Als Michael wenig später das Büro des Waisenhauses betrat, traute er seinen Augen nicht. Roberta und seine Frau lagen sich in den Armen und weinten. Sein Hereinkommen hörten sie gar nicht.

»Was ist denn mit euch los? Ist was passiert? Habe ich irgendwie etwas verpasst?« Langsam mischte sich Besorgnis in seine Verwunderung.

Samantha putzte sich die Nase und wischte sich das tränennasse Gesicht ab.

Noch immer schluchzend sagte sie: »Es ist wegen Frank. Er wird morgen Vormittag abgeholt, aber er weiß es noch nicht. Wir müssen es ihm erst noch sagen ...«

»Dann gibt es jetzt genau zwei Möglichkeiten: Entweder ich setze mich zu euch und wir weinen zu dritt oder wir gehen jetzt zu ihm und sagen es ihm. Oder wann hattet ihr vor, es ihm zu sagen – morgen früh erst? Oder wenn er schon im Auto sitzt?«

»Nein, du hast ja recht. Er sollte es möglichst bald erfahren, damit er sich darauf einstellen kann. Könntest du ihn bitte hereinholen? Du bist der Einzige, der keine roten

Augen hat«, sagte Samantha mit einem schwachen Lächeln.

»Aber nur, wenn ihr mir versprecht, dass ihr euch jetzt zusammenreißt und mit der Heulerei aufhört. Oder wollt ihr es ihm am Ende noch schwerer machen, als es sowieso schon ist?«

Kurz darauf kam Michael mit Frank herein. Der Junge war noch erhitzt vom Fußballspiel und strahlte vor Begeisterung, weil er ein Tor geschossen hatte.

»Frank, setz dich bitte dort auf den Stuhl«, sagte Michael. »Wir haben tolle Neuigkeiten für dich.«

»Was denn für Neuigkeiten?«, fragte der Junge aufgekratzt.

»Du hast mir doch neulich von den Boyles erzählt, die dir einen Hund schenken wollen«, begann Samantha.

»Stell dir vor, sie kommen dich morgen schon holen, weil sie es gar nicht erwarten können, dass du ihr Sohn wirst. Ist das nicht toll?« Sie wandte sich schnell ab, damit Frank nicht sehen konnte, dass aus ihren Augen schon wieder Tränen kamen.

Das Strahlen auf dem Gesicht des Jungen war plötzlich verschwunden.

Roberta übernahm und sagte: »Ja, und bestimmt wirst du dann morgen auch schon den Hund bekommen. Freust du dich darüber, Frank?«

»Ja«, sagte der kleine Mann artig, aber mit regloser Miene. »Kann ich jetzt wieder mit den anderen spielen?«

Er rutschte vom Stuhl herunter und war schon fast wieder an der Tür.

»Klar kannst du gleich wieder spielen gehen,«, sagte Michael, »aber wir wollten dir noch gerne *Auf Wiedersehen* sagen, weil morgen früh die Zeit vielleicht nicht reicht.«

Er zog den Jungen zu sich heran und umarmte ihn.

»Mach's gut, Kumpel! Es war schön, dich kennenzulernen. Und denk dran, dass du hier immer willkommen bist!«

»Wir bleiben immer Freunde, nicht wahr, mein lieber Frank?«, sagte Samantha, als sie an der Reihe war, den Jungen zum letzten Mal in die Arme zu schließen.

»Ich wünsche dir alles Glück dieser Welt! Und wenn irgendetwas ist, wir sind immer für dich da, hörst du?«

»Ja ... Kann ich jetzt wieder gehen?«

»Natürlich«, sagte Roberta. »Wir beide verabschieden uns sowieso erst morgen, wenn deine neue Familie da ist.«

Als sich die Tür von außen geschlossen hatte, sagte Samantha: »Oh, mein Gott, ich habe das Gefühl, dass er das komplett verdrängt. Er will das einfach nicht an sich heranlassen.«

»Ja«, sagte Michael. »Ein glückliches Kind sieht anders aus. Bei der Umarmung fühlte er sich an wie ein Stück Holz ... als wäre alles Leben aus ihm gewichen. Ich hoffe inständig, dass sich das gibt mit der Zeit und dass er bei diesen Leuten glücklich wird. Er hat es wirklich verdient, der kleine Kerl und ...« Michael sprach nicht weiter, weil ihm seine Stimme weggebrochen war.

»Bestimmt wird sich das geben, wenn er sich erst einmal eingewöhnt hat bei den Boyles«, sagte Roberta mit gewohnter Zuversicht. »Wenn er erst mal seinen Hund hat, wird er das Kinderheim schnell vergessen haben.«

»Dein Wort in Gottes Ohr!«, sagte Samantha.

34

Früher Morgen. Samantha räkelte sich entspannt auf ihrem Bett. Sie dachte an die unglaublichen Ereignisse der vergangenen Tage und wie sie ihr beschauliches Leben durcheinandergewirbelt hatten. Und daran, wie die dadurch entstandenen Anspannungen sich auf wundersame Weise wieder gelöst hatten.

Aber das Schönste daran war, dass Michael und sie wieder glücklich an einem Strang zogen: Es war nicht nur alles wieder gut zwischen ihnen, es war sogar noch besser als vorher. Ihre Beziehung konnte an den jüngsten Herausforderungen wachsen und sie hatte eindeutig an Qualität gewonnen.

Sie fühlte sich Michael nun noch näher als vorher. Zwar hatten sie noch nicht wieder miteinander schlafen können, weil die Geburt ihres Babys erst wenige Wochen her war. Aber die Erleichterung durch die Versöhnung und die magische Anziehung, die sie beide seit ihrer ersten Begegnung verband, hatten ihnen zauberhafte Stunden voller Nähe und Intimität beschert.

Samantha fühlte sich einfach wunderbar, so als hätte sie seit einer Ewigkeit endlich nachts wieder Ruhe gefunden.

Colin schien noch zu schlafen.

Michael war bereits im Morgengrauen zu den Stallungen gefahren, weil er dort gebraucht wurde.

Ich habe doch jetzt tatsächlich einmal Zeit, mich in Ruhe fertigzumachen.

Samantha stand freudig auf und zog die nachtblauen Vorhänge zur Seite, um den neuen Tag hereinzulassen, der wieder schön zu werden versprach. Aufgetürmte Wolkenberge, die anmuteten wie riesige Kleckse aus Schlagsahne, durchsetzten den blauen Himmel und die Sonne hatte ihre wohltuenden Strahlen großzügig über Cardington Manor verteilt.

Jetzt haben wir unser Paradies wieder für uns!

Der Farbenrausch im angrenzenden Badezimmer setzte Samanthas prächtiger Laune noch die Krone auf.

Sie sah in den Spiegel, der über dem Waschbecken in die Wand eingelassen war. Die blaugrünen Augen, die ihr entgegenblickten, strahlten mit den hochglänzenden, aquamarinblauen Fliesen um die Wette.

Einer Gewohnheit folgend, befeuchtete Samantha als Erstes das klobige Stück Algenseife, das vor ihr in einer Alabasterschale lag. Mit dem herrlich duftenden Schaum, der dabei in ihren Handtellern entstand, wusch sie sich ausgiebig Gesicht und Hände.

Dann öffnete sie kurz die Tür und lauschte, ob Colin sich schon bemerkbar machte.

Nein, noch nicht. Es war also noch Zeit für eine kurze Dusche. Samantha hängte ihr Badetuch neben die gläserne Duschkabine und wollte gerade das Wasser aufdrehen. Da hielt sie plötzlich inne, weil sie glaubte, ein Geräusch gehört zu haben.

Sie lauschte noch einmal. Ja! Das war das Telefon.

Samantha huschte hinaus und beeilte sich, an den Apparat im Schlafzimmer zu gelangen, bevor Colin durch das Klingeln aufgeweckt wurde.

Sie meldete sich und sprach erst im Wohnzimmer weiter.

»Guten Morgen, Samantha, ich bin es.« Roberta. Sie klang aufgeregt. »Tut mir leid, dass ich dich so früh stören muss, aber es ist etwas Furchtbares geschehen: Frank ist verschwunden. Er ...«

»Was? Das darf doch nicht wahr sein!«

Samantha war erschrocken. »Was heißt denn verschwunden? Und wann?«

»Ich schätze, irgendwann in der Nacht. Bei meiner letzten Abendrunde lag er schlafend in seinem Bett. Zumindest ist es mir so vorgekommen. Ja, und heute Morgen war er nicht mehr da. Er ist wie vom Erdboden verschwunden. Keiner von den anderen Jungen hat etwas gehört oder gesehen.«

»Sucht denn schon jemand nach ihm?«

»Nur zwei von den jungen Pflegerinnen und auch nur in der allernächsten Umgebung. Hier muss es ja auch weitergehen. Ich wollte zuallererst dich verständigen.«

»Verstehe! Ich werde ...« In diesem Augenblick fing ein paar Räume entfernt Colin an zu schreien.

»Oh, je, gerade ist der Kleine wachgeworden. Mal wieder genau im richtigen Moment. Das heißt, ich falle jetzt auf jeden Fall erst einmal aus.«

»Das ist klar, dass du bei Colin bleiben musst. Ich wollte ja auch nur, dass du es weißt. Ich hoffe, dass wir Frank bald finden. In etwas mehr als einer Stunde kommen seine neuen Eltern und erwarten, dass sie ihren Sohn hier wohlbehalten vorfinden und mitnehmen können.«

»Roberta, ruf doch bitte Michael auf dem Handy an. Er ist drüben bei den Stallungen. Sag ihm, er soll jeden verfügbaren Mann für die Suche abziehen. Ich komme nach, sobald ich hier abkömmlich bin. Und mach dir wegen dieser Leute, diesen Boyles, keine Gedanken! Mit so etwas muss man eben rechnen, wenn man ein Kind in dem Alter adoptieren möchte. Da können sie sich gleich mal bewähren.«

»Ist gut! Ich rufe dann jetzt Michael an. Gott sei Dank ist er gerade auf Cardington Manor!«

»Und Roberta, bitte melde dich, sobald es etwas Neues gibt, ja?«

»Natürlich. Das mache ich.«

35

Michael saß in seinem blauen Geländewagen und fuhr bereits über eine halbe Stunde lang im Schneckentempo durch den Park von Cardington Manor. Er pendelte zwischen dem Gestüt und dem Waisenhaus hin und her. Hinter jedem Busch und jedem Baum hielt er Ausschau nach Frank. Doch der Junge war nirgendwo zu sehen.

Sämtliche Stallburschen und Pferdepfleger waren ebenfalls auf Achse – auf Fahrrädern, mit Autos oder zu Fuß – und durchkämmten systematisch die ganze Umgebung. Falls jemand von ihnen Frank finden würde, bekäme Michael sofort Bescheid.

Er schüttelte den Kopf. Frank wollte mit seinem Verschwinden verhindern, dass er von seinen neuen Eltern abgeholt werden würde. Er wollte also das verhindern, was sein Leben lang sein Wunsch gewesen war.

Verrückt! Nicht einmal die Aussicht auf einen eigenen Hund konnte bewirken, dass er sich auf diese neue Familie einlassen wollte.

In einiger Entfernung sah Michael einen dunkelbraunen Kastenwagen, der die Aufschrift *Boyle Household Supply Store* trug. Er konnte die Schrift aufgrund des Abstands nicht richtig erkennen, doch er hatte dieses Auto schon einmal auf dem Parkplatz vor dem Kinderheim gesehen.

Das waren sie also, Franks neue Eltern, und sie wussten wahrscheinlich noch nicht einmal, dass ihr neuer Sohn gar nicht da sein würde.

Vielleicht hatte Roberta die Boyles auch schon verständigt und sie hatten sich beeilt, um bei der Suche behilflich zu sein. Möglicherweise war Frank auch bereits gefunden worden und vor lauter Aufregung hatte man nur vergessen, den Suchtrupp zu informieren.

Michael hatte die Strecke schon ein paar Mal in jeder Richtung abgesucht. Er beschloss, nun erst einmal zum Waisenhaus zu fahren, um sich dort nach dem neuesten Stand zu erkundigen.

Als er vom Parkplatz aus auf das maisgelbe Gebäude mit den vielen weißen Sprossenfenstern zuging, sah er, dass Samantha von der anderen Richtung her ebenfalls gerade ankam.

Vor dem Kinderheim herrschte bereits helle Aufregung. Keine von Michaels Vermutungen entsprach der Wirklichkeit: Offenbar hatten weder die Boyles rechtzeitig von Franks Verschwinden erfahren, noch war der Junge inzwischen aufgetaucht. Wahrscheinlich hatte Roberta gehofft, den Jungen rechtzeitig zu finden und ihm noch ins Gewissen reden zu können, damit seine neuen Eltern nichts merkten.

Michael sah, wie die alte Kinderschwester und Samantha besänftigend auf Mildred und William Boyle einredeten.

Mrs Boyle stand nur mit verschränkten Armen da. Sie starrte, ohne ein Wort zu sagen auf den Boden, während ihr Mann wütend mit der Adoptionsurkunde herumfuchtelte.

Mr Boyle war ein schmächtiger Herr mit schütterem Haar und schmalen Lippen.

Auf Michael wirkte der Mann cholerisch. Er fragte sich, ob sich der werdende Vater bei den für die Adoption nötigen Vorgesprächen vielleicht verstellt haben könnte. Oder, falls nicht, ob Mr Boyles Ausstrahlung vielleicht der Grund für Franks Verschwinden war.

»Das ist eine unglaubliche Frechheit, uns hier herumstehen und warten zu lassen!«, brüllte William Boyle. »Das wird ein Nachspiel haben! Ich werde mich über Sie beschweren und die Presse informieren!«

Weil er merkte, dass Roberta und Samantha mit so viel Unfreundlichkeit und Grobheit überfordert waren, mischte sich Michael ein.

»Immer mit der Ruhe, Mr Boyle! Es ist doch nicht nötig, deswegen so laut zu werden. Es geht hier um einen sensiblen Jungen, der Angst hat vor einer großen Veränderung in seinem Leben. Wenn man Sie so erlebt, könnte man allerdings meinen, sie hätten einen Gebrauchtwagen gekauft und der Händler ist nun nicht in der Lage, zu liefern.«

Während Michael sprach, war Mr Boyles Gesicht puterrot angelaufen, er rang um Worte: »Das ist ja eine Unverschämtheit sondergleichen ... Wer sind Sie denn überhaupt, dass Sie sich erlauben, so mit mir zu sprechen?«

»Ach richtig, ich habe mich ja noch gar nicht vorgestellt!«, sagte Michael in ruhigem Tonfall.

»Wie unhöflich von mir! Mein Name ist Tomlinson und ...« Weiter kam Michael nicht.

»Mrs Gilchrist! Schauen sie nur!«, rief eine junge Kinderpflegerin namens Martha. Sie stand in der offenen Tür und hatte Frank an der Hand.

»Er war im Schlafsaal!«

Der Junge sah blass aus und wirkte, als wäre er gerade aufgeweckt worden. Er wagte nicht, eine der anwesenden Personen auch nur anzusehen.

Samantha und Michael wechselten erleichterte Blicke.
Gott sei Dank!

Roberta stand direkt neben dem Eingang und ging sofort auf Frank zu.

»Ja, Frank, wo hast du denn gesteckt, mein Lieber? Wir haben dich schon überall gesucht und uns große Sorgen um dich gemacht!«

Sie nahm ihn in den Arm und streichelte seinen Kopf.

Da der Junge auf Robertas Frage nicht antwortete, berichtete Martha, wo sie ihn gefunden hatte: »Er war unter seinem Bett, der arme Kleine. Wahrscheinlich hat er wieder schlecht geträumt. In der hintersten Ecke lag er, auf die kein Licht fällt, wenn man drunterschaut, weil das Nachtkästchen davor ...«

»Da muss man sich ja nicht wundern, wie der Junge sich benimmt, wenn er derart verzärtelt wird! Er lässt seine zukünftigen Eltern warten und wird dafür auch noch verhätschelt!«

Mr Boyle lachte höhnisch auf. »Na, ja, er wurde bisher eben auch nur von Frauen erzogen. Das wird sich jetzt aber gewaltig ändern!«

Bei diesen Worten zuckte Mrs Boyle kurz zusammen.

»Es wird wirklich höchste Zeit, dass sich endlich mal ein Mann um die Erziehung dieses Ausreißers kümmert!«

»Das mag sein, aber gewiss nicht Sie!«, sagte Michael, dessen Fäuste sich während Mr Boyles Auslassungen geballt hatten.

»Sie schon wieder! Was haben Sie mir überhaupt zu sagen!«

»Außerdem ist sein Name *Frank*.«

»Wie meinen? Das wird ja immer besser! Wollen Sie mir jetzt auch noch vorschreiben, wie ich über meinen Sohn spreche?«

»Mr Boyle, Sie haben vollkommen recht mit Ihrer Feststellung, dass sich endlich auch mal ein Mann um Franks Erziehung kümmern sollte ...«, sagte Michael, worauf William Boyle selbstgerecht grinste.

»... aber dieser Mann werden nicht Sie sein.«

»Wie bitte?« Mr Boyle wedelte mit der Adoptionsurkunde vor Michaels angespanntem Gesicht herum.

»Ich bin sein rechtmäßiger Vater, schon vergessen?

Und ich werde jetzt meinen Sohn mit zu uns nach Hause nehmen.«

»Nur über meine Leiche!«

Michael riss seinem überraschten Gegenüber das Dokument aus der Hand und zerfetzte es innerhalb kürzester Zeit in tausend Stücke.

»Was erlauben Sie sich? Ich werde mich über Sie beschweren ... ach was, bei der Polizei anzeigen werde ich Sie!«

»Tun Sie das! Und jetzt klettern Sie in Ihren Karren und fahren dorthin zurück, wo Sie hergekommen sind! Sie bekommen kein Kind von uns!«

»Nur weil Sie hier nicht in der Lage sind, dem Jungen eine Tracht Prügel zu verpassen ...«

»Stimmt genau! Dazu sind wir hier nicht in der Lage. Und Sie werden keine Gelegenheit dazu bekommen, dafür werde ich persönlich sorgen! Das verspreche ich Ihnen.«

»Aber, ich habe das Recht darauf, hier ...«

»Das Einzige, was Sie hier noch haben, ist Hausverbot. Und wenn Sie sich hier trotzdem noch einmal blicken lassen, dann lasse ich Sie durch die Polizei entfernen. Ist das klar?«

Mr Boyle war inzwischen so wütend geworden, dass er sich am liebsten durch eine körperliche Auseinandersetzung Luft gemacht hätte. Doch er musste anerkennen, dass dieser Mr Tomlinson einen guten Kopf größer war als er, zudem kräftiger gebaut und um rund zehn Jahre jünger.

Dann sah er sich unterstützungsheischend nach seiner Frau um. Doch Mrs Boyle hatte sich im Laufe dieser hässlichen Szene bereits wieder in den Wagen gesetzt. Sie blickte ihn aus ängstlichen Augen vom Beifahrersitz aus an und wirkte dabei eher wie ein hypnotisiertes Kaninchen.

»Das wird ein übles Nachspiel für Sie haben! Verlassen Sie sich darauf!«, rief Mr Boyle noch, bevor er sich ebenfalls ins Auto setzte und mit durchdrehenden Reifen davonfuhr.

Michael ging hinüber zu Frank und nahm ihn auf den Arm.

»Niemand wird dich schlagen, mein Kleiner. Dafür werde ich sorgen.«

Frank schlang die Arme um Michaels Hals und weinte leise vor Erleichterung.

Roberta putzte sich geräuschvoll die Nase.

Aus Samanthas Augen liefen ebenfalls Tränen. Sie war so unendlich froh darüber, dass Michael diese Adoption abgewendet hatte.

Sie ging zu den beiden hin und strich dem Jungen sanft über sein rotes Haar.

»Frank, würdest du uns vielleicht auf einen Spaziergang begleiten? Michael und ich würden dich gerne etwas fragen.«

Michael warf seiner Frau aus feuchten Augen einen dankbaren Blick zu, bevor er vergnügt sagte: »Genau genommen sind es mehrere Fragen, die wir an dich haben, Frank. Ich wollte nämlich heute Nachmittag mal rüberfahren zur Leeds Farm und bräuchte jemanden, der mir dabei hilft, einen jungen Hund auszusuchen.«

Hat Ihnen mein Roman gefallen?

Ich freue mich immer über Empfehlungen und Rückmeldungen:

sybillekolar.com
facebook.com/SybilleKolar.Autorin
@SybilleKolar

Oder hinterlassen Sie eine Rezension bei Amazon!

Herzlichen Dank!

Ihre Sybille Kolar

Kennen Sie schon den 1. Band der CARDINGTON-MANOR-Reihe? Wie alles begann ...

Lady Cardington und ihr Gärtner

ist ebenfalls im Buchhandel erhältlich. Bei Amazon auch als E-Book.

Möchten Sie gerne weiterlesen?
Band 3 der CARDINGTON-MANOR-Reihe:

Schatten der Vergangenheit

ist ebenfalls im Buchhandel erhältlich.
Bei Amazon auch als E-Book.

Und der Sammelband der
CARDINGTON-MANOR-Reihe!
Er enthält die Bände 1-3 in ungekürzter Fassung:

Lady Cardington und ihr Gärtner
Schlangen im Paradies
Schatten der Vergangenheit